Neben vier fränkischen Krimis
(*Spiel des Schattens, Die Mondfrauen,
Das Minzblatt, Eiszapfen*) und einem
modernen Märchenbuch
(*Traumwelten für jeden
einzelnen Tag der Woche*)
veröffentlicht der
Autor Harald Weiß (58),

aus Nürnberg, nach „*Das verlassene Dorf*" sein
neuens Werk „Smukke - Königin, Prinzessin
oder Zicke?"

Biografische Informationen der Deutschen Nationalbibliothek: Die Deutsche Nationalbibliothek verzeichnet diese Publikation in der Deutschen Nationalbiografie, detailliertere biografische Daten sind im Internet unter http://dnb.d-nb.de abrufbar.

© 2019 Harald Weiß
Herstellung und Verlag:
BoD – Books on Demand, Norderstedt.
ISBN: 978-3749499380
Alle Rechte vorbehalten
Lektorat / Korrektur: Textcheck Agency / Ela Marwich
Cover: Constanze Kramer, www.coverboutique.de
Fotos: Dirk R. und Adrenalinapura, Adobe Stock.com
Printed in Germany
2019 Roman
Originalausgabe
www.haraldweiss.info

Vielen Dank an Nadine und Ebiénne

Foto: privat

Harald Weiss
Smukke
Königin, Prinzessin oder Zicke?

Aus dem Leben einer Stute
in den Dünen Dänemarks

Smukke
Königin, Prinzessin oder Zicke?

Kapitel 1

*Nein. Nur damit kein falscher Eindruck ent-
steht, nicht immer sind meine Charakterzüge
so unausgeglichen ausgeprägt gewesen, wie am
Ende der ersten sechs Jahre.* Aber schon ein dä-
nischer Dichter formulierte so treffend und
trivial: „Du kannst gar nicht so weit laufen,
um all deinen Kummer loszuwerden."

Zumindest im Ansatz interpretierte er es
so. *Ihr wisst es doch. Ich bin nur eine Stute. Weit
weg von einem menschlichen Wesen. Ist es möglich, mein Stutenhirn mit der Denkzelle des über-
mächtigen Menschen zu vergleichen? Wer steht
am Ende des Tages in der Rangordnung auf Platz
eins oder zwei?*

Fragen, die ich oft nicht verstand und die
meinen Gemütszustand mehr als einmal ins
Wanken brachten. Ich rannte und lief über
die Koppelweiden. Nur mein Kummer verringerte sich nicht.

*Das satte Grün der Weiden ödet mich im Mo-
ment an.*

Vor sechs Jahren erblickte ich in einer lau-
en Sommernacht das Licht der Erde. Unbe-
darft und voller Vorfreude auf das herrliche

bevorstehende Leben schlüpfte ich aus dem Leib meiner Mutter.

Was für eine kindliche Pferdenaivität ich besitze. Nach der Geburt in der rauen Natur Dänemarks konzentrierte ich mich auf die prickelnden Erlebnisse, die das Leben lieferte. Jeden neuen Tag feierte ich wie ein Geschenk des Himmels.

Verwirrende Äußerungen über mich und mein Wesen verstand ich in den ersten Monaten überhaupt nicht. *Was treibt die alle an?* Andeutungen übers Aussehen oder was mich auszeichnete, vernebelten meinen jungen Geist. Auf einmal spürte ich keinen Gleichklang in mir. *Die Welt um mich dreht sich verkehrt um die Achse.*

Wegdrängen. Bequem wegstoßen. Ich checke es nicht. Auf die Seite drängen. So widmete ich mich den wichtigen Dingen.

Mein Leben fühlte sich abseits der Irritationen faszinierend an. Den ganzen Tag bewegte ich mich im Schatten meiner Mutter auf der höchsten Stelle der Koppel. Die leichte Brise der jungen Maitage umspielte die Nüstern.

Ab und an benetzte der Wind mit kleinen salzigen Wassertropfen beim Abzupfen der satten Wiese meine Zunge. *Unbeschwert, ohne Gedanken, nur ich sein,* so nahm ich besagte Phase wahr.

Ein Gefühl von Freiheit, der pure Wahnsinn. In meine Seele brannte sich dieses Glücksgefühl schon mal ein. *Das Leben ein einziges Hoch.* Naivität sprang aus meinen großen Augen heraus.

In den ersten sechs Monaten lernte ich unendlich dazu. *Na klar. Ich weiß schon, was ihr denkt. Eure Mutter ist zu euch nicht weniger fürsorglich gewesen.*

Nur das Band zwischen mir und meiner Mama ordnete ich als extrem intensiv ein. Diese Verbindung hielt mich in all den späteren Höhen und Tiefen am Leben.

Sie ließ mich nicht aus den Augen und versorgte mich rund um die Uhr mit ihrer Milch. Im Spiel erfuhr ich den Umgang mit anderen Pferden und gleichzeitig vermittelte sie mir das Gefühl von Normalität. Wenn sie geputzt, gesattelt oder aufgetrenst wurde und ich neben ihr herlief.

Bin mal gespannt, wann und wie ich das erlebe, grübelte ich danach regelmäßig.

Zusammen mit zehn anderen Stuten des Gestüts und deren Fohlen teilten wir uns die Koppel. Die größte Aufmerksamkeit vom ersten Tag an aber erregte ich. *Zumindest bilde ich mir das ein.* Ständig wechselnde Besucher und alle redeten über mich.

Wieder nur Einbildung von mir?

Bis ich erfuhr, dass schon länger ein mich betreffender Name durch das Universum spukte. Zumindest ordnete es mein Gehirn so ein. *Warum wiederholt sonst jemand so oft das gleiche Wort?,* überlege ich mir damals und gleichzeitig streckte ich meinen Kopf zehn Zentimeter höher. *Es schmeichelte mir.*

Den Smukke
Die Schöne

Für kurze Zeit fühlte mein tüchtiges Pferdeherz so etwas wie eine innere Befriedigung.

Verstohlen verfolgte ich in der nächsten Zeit alle Besucher. Argwöhnisch beäugte ich jeden, der sich mir näherte oder seinen Blick intensiv auf mich richtete. Wenn sie in Gruppen herumstanden, lachten und mir zum Schluss einen Klaps auf mein Hinterteil gaben. *Seid ihr nicht bei Trost?* Nur in dieser Phase des Lebens hielt ich es aus. *Ohne Murren, Rumzicken oder Schlagen.*

Bleib friedlich, obwohl erste kribbelige Zuckungen über den langen Rücken zogen. *Wissen Menschen nicht, dass diese Klapse auf den Körper in meinen Ohren schmerzen?*

Meine Mutter erklärte mir, dass dänisches Warmblut in mir mit enormer Schönheit eine Symbiose einging. Nur verstand ich nicht die Dimension dieses so sperrigen Begriffes.

Ich fühle mich wie ein normales Pferd. Warum bin ich anders, als die restlichen Fohlen auf der Koppel? Wer sagt das? In meiner kleinen Denkwelt spielten viele Dinge keine entscheidende Rolle.

Für mich, Smukke, zählte im Moment nur die Mischung aus Licht, Meer und Weite, welche meine scharfen Augen oft mit Sehnsucht benetzten.

Heimlich beobachtete ich die anderen Fohlen. *Es klingt ein wenig wie nach Größenwahn,* nur fühlte ich mich allen überlegen. *Vom ersten Tag an. Bin ich herablassend zu den Stutfohlen gewesen? Möglich.* Ich nahm den Gedanken im Rückblick auf diese Zeit als gegeben hin.

Mit der Zeit gewöhnte ich mich daran, sorglos und selbstständig meinen Hunger, zu stillen. Derweil spitzten sich die Bemerkungen am Gatter zur Koppel zu.

Ein dänisches Warmblut. Ja, das bin ich. Meine Rasse und Abstammung. Der Inhalt der Gespräche bezog sich auf etwas völlig anderes. Sie äußerten nur bescheuerte Bemerkungen über mein Aussehen. *Den Moment, das erste Mal im Leben verletzt zu werden, den vergisst du nicht. Nie mehr.*

„Dem Gaul fehlt der Mut und letztendlich die Eleganz."

Wie sprechen die über mich?

„Kein ausgeglichenes Temperament und letztendlich fehlt die sportliche Note für ein ausgezeichnetes Springpferd. So ein schönes Pferd und kein Talent für höhere Aufgaben. Welch eine Verschwendung bei der Zucht."

Lange in die Nacht hinein dröhnten meine Ohren über die Macht der Worte. *Schön. Ich bin schön. Sonst nichts. Einfach nur schön. Das frustriert mich gewaltig. Als ob Schönheit etwas Unwichtiges darstellt.*

Dieses Erlebnis veranlasste mich zu einem weitreichenden Entschluss. Von einer Stunde auf die andere veränderte ich meine Charaktereigenschaften. Ab dem nächsten Morgen verband mich nichts mehr mit dem lieben und schönen Fohlen, das gestern auf der Koppel stand. *Ihr werdet mich kennenlernen.*

Bisher verzichtete ich aufs Erschrecken, Weglaufen oder Bocken.

Nach den braven Auftritten explodierte ich von einem Moment auf den anderen. Kräftig schlugen meine Hinterbeine aus.

Sie alle sollen Reißaus nehmen. Ich kostete dieses Moment aus.

Euch werde ich zeigen, was ein schönes Pferd wert ist. Von wegen. Ich besitze keinen Mut oder fehlendes Temperament.

So nervten sie mich jeden Tag weiter. Zusätzlich stellten sich zwei Teenager, ein Junge und ein Mädchen, in meiner Nähe ein. Nachmittags standen sie frech lachend außerhalb der Koppel und ulkten umher.

Eines Tages änderten sie ihr defensives Verhalten. Der Übermut siegte und flugs saßen sie oben auf einem der Holzplanken. Ihre Beine baumelten stürmisch umher und schlugen immer wieder nach hinten auf das Holz.

Voller Neugier betrachtete ich das lustige Spiel der etwa vierzehnjährigen Jugendlichen. *Meine Mutter hat mir das mit dem Alter erklärt.*

Ich fand es beschwerlich, Menschen einzuschätzen. *Etwas zu schwierig für mich. Altersbestimmung. Nein, danke.*

Mein Herz öffnete sich, als Ida, das Mädchen, mich wiederholt Smukke nannte. Und ihre leuchtenden Augen verstärkten die Worte, die ihr kindlicher Mund von sich gab. *So ein famoser Tag*, fühlte ich in diesem Moment, bis Lukas, das männliche Gegenstück seinen Kommentar zu Idas Schwärmerei abgab.

„Warum nennst du das Fohlen immer Smukke?"

„Weil es so schön ist."

„Schön. Da bekomme ich gleich die Krätze. Nur die Schönheit alleine hilft ihr nicht weiter. Hast du es nicht von unserem Vater mitbekommen? Dieses Pferd ist völlig ungeeignet!"

Wie auf eine Aussätzige deutete er mit seinen Fingern auf mich.

Völlig angespannt stand ich zwei Meter von den beiden Teenagern entfernt und als ahnte es meine Mutter, schob sie ihren imposanten Körper zwischen uns. Mit kurzen Schnauben versuchte ich, mein Unbehagen zu vermitteln.

Meine Mutter ließ mir keine Chance.

So vernahm ich die helle Stimme des Jungens. Durch das kurze Ablenkmanöver vergaß er leider seine Worte nicht.

„Sie hat es einfach nicht drauf."

Sie hat es einfach nicht drauf. So ein Blödsinn. Was erzählt er für einen Mist über mich?

„Für was nicht drauf?", fragte ihn seine jüngere Schwester verständnislos.

Meine Ohren zeigten steil nach oben und mit einem Schritt nach vorne gelang es mir, mit dem linken Auge seine Bewegungen wahrzunehmen.

„Sie wird nie als gutes Springpferd geeignet sein. Vater meinte, ein billiges Freizeitpferd ist die einzige Option. Nichts für unseren Hof. Sie ist einfach zu listig und trickreich. Deshalb nennt sie im Stall mittlerweile jeder Tricky."

Lachend baumelte der Junge stärker auf seinem Sitz und leider verlor er nicht das Gleichgewicht nach hinten. So witzelte er weiter und deutete mit dreckigen Fingern auf mich.

„Tricky. Tricky!"

Seine Schwester boxte ihn mit den Fäusten in die Seite, wischte sich die Tränen aus dem Gesicht und stieg rasch nach hinten vom Zaun.

„Für mich ist sie den Smukke", schrie sie laut beim Wegrennen. Mir zerbrach es mein Herz.

Die nächsten Tage gestalteten sich nach dem identischen Muster. Immer fast zur gleichen Stunde zogen sich Ida und Lukas gegenseitig auf und veranstalteten einen wirklichen Wettbewerb, wer sein Wort schneller und öfters in das Rund der Koppel warf.

„Smukke" und „Tricky", „Tricky" und „Smukke." Abwechselnd und mit jedem Anlauf vernahm ich diese beiden Namen lauter.

Bemerken die nicht, dass meine Persönlichkeit damit gemeint ist? Es geht hier um ein kleines, entzückendes Pferd, das im Schutze der Mutter auf das Leben vorbereitet wird.

Es verletzte mich in diesem Moment. Mit meinen sechs Monaten vermochte ich es nicht einzuordnen. *Sind die Worte so gemeint oder nicht?*

Der tägliche Wortschwall von hochgelobt und niederträchtig hinterließ Narben im jungen Pferdeleben. Meine Mutter nahm mir dabei immer aufs Neue den Wind aus den Segeln.

Ich weiß nicht, was sonst passiert wäre. So beließ ich es bei einem auffälligen missbilligendem Schnauben, das ich mit wiederholtem Stampfen der Vorderhufe unterstrich.

Was Lukas als Bestätigung für seine Behauptung ansah und leider mehr und mehr Oberwasser gewann. „Siehst du Ida. Aus dem Pferd wird nie ein elegantes Reitpferd. So bockig wie die sich verhält."

„Du bist doof. Einfach nur doof", schrie ihn Ida wutentbrannt an und wie immer rannte sie danach ins Haupthaus der Ranch. So ließ sie mich in meinem Gefühlschaos zurück.

In den Stunden der Nacht probierte ich normalerweise, dass mein seelisches Gleichgewicht ein bisschen in die Waagschale zurückkam. Was sich für den heutigen Tag als Trugschluss erwies. Kurz bevor die Dämmerung einsetzte, schlich sich Ida zur Koppel zurück. Als sie geschätzt auf meiner Höhe stand, rief sie leise:

„Smukke. Komm zu mir. Bitte komm zu mir."

Am Anfang verstand ich nur ihre Worte, aber nicht ihre Bedeutung oder den Sinn dahinter.

„Smukke", hörte ich Ida lauter über die Koppel schreien.

Im Augenblick bildete meine Mutter die natürliche Barriere zwischen Ida und mir. Als ich zum mittlerweile fünften Mal Smukke hörte, drehte sie sich zur Überraschung auf die Seite. Damit erhielt ich Sichtkontakt zur völlig aufgelösten Ida.

„Smukke." Ihre Stimme klang mittlerweile im hohen Maße weinerlich. „Komm her zu mir." Gleichzeitig streckte sie ihren rechten Arm durch die Abgrenzung der Koppel nach vorne.

Vorsichtig setzte ich einen Fuß vor den anderen und unschlüssig näherte ich mich Ida.

Was sucht sie so spät am Abend bei mir? Kurz bevor sie in Versuchung geriet mich zu berühren, stoppte ich jeglichen Vorwärtsdrang und blieb stehen.

Sie wiederholte meinen Namen. „Smukke. Ich möchte mich von dir verabschieden."

Ich verstehe dich nicht. Aber offenbar kapierte augenscheinlich meine Mutter mehr als ich. Somit drängte sie sich an meine Seite und schubste mich das letzte Stück nach vorne, damit mein Kopf sanft an den Arm von Ida stieß.

„Smukke", seufzte sie leise, während ihre warme Hand meinen Kopf und Nase berührten. Sanft streichelte sie mich mit den Händen auf und ab. „Vergiss mich nicht."

Es ist schwer, wenn Worte nicht zu verstehen sind, kam mir dieser Gedanke. Aber ich spürte ihre Traurigkeit, die mich erfasste, und so bewegte ich mich fast instinktiv ein weiteres Stück näher heran.

So gelang es Ida, den ganzen Arm um meinen Kopf zu bringen und mit leiser Stimme flüstere sie mir ins Ohr. „Smukke. Du bist ein bildschönes Pferd. Ich bin so verliebt in dich. Vergiss mich nicht. Ich werde dich nicht vergessen. Niemals. Wenn ich groß bin, hole ich dich wieder. Versprochen, Smukke."

Dabei spürte ich ein paar von ihren Wangen herunter tropfende Tränen auf meinem Fell. Bevor ich überhaupt eine Reaktion zeigte, hörte ich ihre letzten Worte für heute. „Auf Wiedersehen Smukke."

Sofort zog sie ihre Hand von mir weg und rannte schnell von der Koppel, bevor die Finsternis den Raum einnahm. Just in dem Moment stand ich alleine neben meiner Mutter und es riss mich tiefer in diesen Strudel der Gefühle.

Als Ida der Koppel den Rücken kehrte, herrschte Ruhe für heute. Ausschließlich das Brechen der Wellen trug der Wind von der nahen Küste an mein Ohr. Und ab und zu ertönte ein sanftes Schnaufen von den anderen Stuten und Fohlen, die auf dem Areal weilten.

Meine Mutter näherte sich mir, und falls ich mich nicht schon genug über die Ereignisse von heute wunderte, setzte sie letztendlich eins obendrauf.

„Mein Kind. Was immer passieren wird, du wirst ab jetzt dein eigenes Leben führen. Vom morgigen Tag an bin ich nicht mehr für dich verantwortlich."

Zärtlich neckte sie mich dabei mit ihrer rauen Zunge an meinem Ohr.

Was denkt sie mit „mein eigenes Leben führen"? *Mein bisheriges Dasein findet hier sein Ende?*

Mein Pferdegehirn spielte Pingpong mit mir. Erst Idas Gefühlsausbruch und jetzt offenbarte mir meine Mutter, die gemeinsame Zeit an ihrer Seite lief aus.

Ich verstand nichts mehr.

Kapitel 2

Meine Mutter überraschte mich mit ihrer Reaktion. Während ich meinen Kopf gegen den Wind stemmte und all die gesagten Sätze verfluchte, hörte ich, wie sie mit leisen Worten in eine Geschichte einstieg.

Ich schaute mehr als verwundert, denn ein richtiges Märchen erzählte sie selten. Ich vermutete, es gefiel ihr.

Oder sie hat den Wunsch, mich nur zu beruhigen?, redete ich mir am Abend ein. *Mir ist es einerlei gewesen.*

So lauschte ich der Stimme meiner Mutter und mit jedem Wort entspannte sich mein ganzer Körper. Die kurzen, gepressten Atemzüge verloren sich zusehends, solange, bis mein Nervensystem nicht mehr spann.

„Weißt du, dies ist eine Geschichte, die mir deine Großmutter vor langer Zeit erzählt hat. An einem so wichtigen Tag wie dem heutigen. Nur der Abschied damals ist weitaus trauriger gewesen."

Ein wenig Beklemmung drückte meinen Hals zusammen.

„Verstehe mich nicht falsch, du bist mir genauso wichtig. Aber du verlierst nicht dein

Leben, wenn morgen unsere Wege sich trennen. Deine Großmutter beendete damals am nächsten Morgen ihr irdisches Leben."

Bevor ich ins Grübeln geriet, fuhr meine Mutter mit der Geschichte fort.

„Vor langer Zeit, als wir Pferde noch in großen Herden in einem wilden Pulk uns zusammenrauften, lebte ein junges Pferd außerhalb dieser Gemeinschaft. Eine zweijährige Stute, die sich mutig und alleine durch die wilde Landschaft im Norden Dänemarks schlug."

Voller Hingabe hing ich an den Worten meiner Mutter, die mich völlig in ihren Bann zogen.

„Ich sage dir, der Anblick des Pferdes ist eine Augenweide gewesen. Was für ein stolzer, edler Kopf. Ausgeglichene Proportionen zwischen Vor- und Hinterhand. Wunderbar. Zudem ausgestattet mit einem Auge, welches wach, klug und souverän blickte."

Meine Augen sind ebenso wach, klug und souverän, stellte ich fest.

„Die Stute ohne Namen zog an der Grenze der Ost- zur Nordsee entlang. Zudem besaß sie einen eminenten Kampfgeist, Ehrlichkeit und Mut. Ihr ausgezeichneter Charakter erleichterte das Leben zwischen den Dünen, Wäldern und Wiesen."

Kurz hielt meine Mutter inne. Ich spürte ihre Bewunderung für dieses Pferd.

„Ich würde das Pferd Gefjon nennen", hörte ich weiter zu. „Der Name für die Urmutter Dänemarks. Sie war eine Geberin der germanischen Göttinnen. Geben ist seliger als nehmen. Wer anderen gibt, der steht unter einem besonderen Segen. Gefjon galt als rein wie der Morgentau. So rein, wie dieses Pferd über die Landschaft schwebte."

Gefjon. Ja. Ich sehe dich reiten. In meiner Fantasie.

„Deshalb bekam es diesen Namen von mir", lauschte ich weiter. „Im Jahre 1902 erreichte Gefjon einen Leuchtturm im äußersten Norden an der Steilküste von Rubjerg. Ein langer weißer Lichtstrahl mit anschließenden zwei Blitzen, welche sich alle halbe Minute zeigten, lockten das Pferd magisch an."

Mein Herz klopfte laut und heftig. Der Wind raubte mir im Gleichklang der Stimme fast den Atem.

„Zu dieser Zeit war der Leuchtturm bemannt gewesen. Mr. Finn lebte dort zusammen mit einem Gehilfen und einem Heizer. Ursprünglich in Irland geboren, verschlug es ihn nach Dänemark, nachdem er von der Stelle des im Jahre 1900 eingeweihten Leuchtturms erfuhr".

Dort gefiele es mir ebenso.

„Nach nunmehr fast zwei Jahren gestaltete sich das Leben sehr eintönig für Mr. Finn, als er eines Morgens beim Blick aus den Fenstern des Leuchtturmes ein Pferd entdeckte.

Verwundert holte er sein Fernglas und beobachte das elegante Tier, wie es Meter für Meter die Distanz zu den dicken Mauern des Gebäudes überwand. Schließlich stoppte sie und blieb kurz davor stehen."

Für zwei, drei Sekunden hielt meine Mutter inne, um gleich danach die Geschichte fortzusetzen.

„Schnell eilte Mr. Finn die vielen Stufen von oben nach unten hinab, stieß die Tür kräftig gegen den Wind nach außen und starrte wie gebannt auf die Stute, die er fast für ein Fabelwesen hielt.

Um sich zu vergewissern, rieb er kräftig über sein Gesicht. Nicht, dass er noch nie in seinem Leben einem Pferd begegnet war. Aber dieser Anblick machte ihn für einen Hauch eines Wimpernschlag sprach- und machtlos. Schnell überflutete ihn eine Welle von Zuneigung, sodass er mit ganz weichen Knien die letzten Außenstufen ganz vorsichtig nach unten stieg und kurz vor dem Pferd stehenblieb."

Vor meinem Auge erschien zeitgleich das Gesicht von Ida und ich fühlte diese gewisse Verbundenheit zu Gefjon. *Ein Pferd, wie eine wahre Königin. Ach, wie betörend,* schüttelte ich kurz den Kopf und widmete meiner Mutter wieder die gebührende Aufmerksamkeit.

„Was wie ein zufälliges Aufeinandertreffen wirkte, stellte sich im Nachhinein als eine Fügung des Schicksals heraus. Mr. Finn und

Gefjon verband mehr als einfach nur eine Sympathie zwischen Mensch und Pferd. Am Leuchtturm oder in der näheren Umgebung gab es weder Halfter, Strick, Hufkratzer, Wurzelbürste, Zaumzeug oder geschweige denn einen Sattel. Nur das Pferd, Mr. Finn, die Natur und gegenseitiges Vertrauen. Diese Basis entwickelte sich zu einer fulminanten Einheit zwischen Mensch und Tier. Ohne Zwang, ohne Druck, aber mit dem nötigen Respekt zueinander."

Voller Freude wieherte meine Mutter laut und innig in die Nacht hinein.

„Wenn Mr. Finn und Gefjon entlang der Wiesen galoppierten, schwebte Eleganz, Kraft und wahre Schönheit über die Landschaft hinweg. Lange gab es kein Pferd mehr, dass so eine Verbundenheit zu einem Menschen hergestellt hatte."

„Was ist aus ihnen geworden?", fragte ich voller Neugierde nach.

„Mr. Finn ist ein paar Jahre später gestorben und Gefjon trauerte drei Monate am Leuchtturm, bevor sie eines Nachts ins Nichts verschwand. Niemand mehr bekam Gefjon danach je wieder zu Gesicht."

„Ist das eine traurige Geschichte." Mehr fiel mir nicht dazu ein.

„Ja, mein Kind. Einerseits. Nur eine Erkenntnis ist viel wichtiger für unser Pferdeleben. Vertrauen. Ich wünsche mir so sehr, dass du irgendwann in deinem Leben jemanden findest, mit dem du das erlebst. Gegenseitiges Vertrauen. Denk an mich, egal wo du bist, wie sie dich behandeln.

Ach, Mama. Warum gestattest du es mir nicht, es an deiner Seite zu erleben? Ich sprach es nicht aus.

„Irgendwo da draußen wartet schon jemand auf dich. Auch wenn du im Moment nicht weißt, wer es ist. Und schau mal: Hier auf der Koppel bist du nicht glücklich. Zwar ist dir dies noch nicht bewusst ...“

Mein Atem geriet in einen unregelmäßigen Rhythmus.

„... aber du hast dir den Platz mit anderen Stutfohlen geteilt und trotzdem gibt es hier keine Freundin für dich. Verstehe es nicht als Vorwurf. Leider grenzen dich die Besitzer des Stalles wegen deiner Schönheit und deinem Temperament aus.“

„Wie geht es weiter für mich?“

„Du suchst deinen eigenen Weg, den du ganz für dich selber entdecken musst. Sei nicht betrübt. Ich bin immer in Gedanken bei dir.“

„Danke Mama.“

Tief berührt, drückte ich mich an die Seite meiner Mutter und für den Rest der Nacht herrschte Stille und Ruhe auf der Koppel.

Die Gedanken ließen mich stundenlang nicht los. *Was interessiert die Menschen an mir? Bin ich zu brav, passt es nicht. Ich schaffe es nicht, zu überzeugen. Und warum finde ich keine Freundin und Gefährtin? War jetzt der Grundstein für ein kompliziertes Pferdeleben gelegt? Unentspannt und zickig?*

Es fehlte mir die Zeit, über meine eigenen Gefühle nachzudenken.

Was der nächste Morgen brachte, behielt ich lange in abstoßender Erinnerung.

Ein einziger Albtraum. Innerlich erfüllte es mich mit tiefen Schmerz.

Viele Menschen drängten sich früh an der Koppel und schrien wie wild durcheinander. Vor lauter Nervosität trabte ich immer aufs Neue quer über das abgesperrte Gelände. Bis ich mit jeder Runde schneller und schneller wurde und riskant an den Enden der Koppel vorbeirannte.

Was begehren die alle von mir? Ich hörte Wortfetzen wie „Einfangen", „Endlich von der Koppel holen", „Macht schon, ich habe nicht ewig Zeit". Was mich weiter wilder traben ließ. Ab und an bockte ich sogar mit dem Oberkörper nach oben. Ich fühlte mich frei. Unendlich frei.

Das Seil mit einem Lassoknoten bemerkte ich lange nicht. Zu spät entdeckte ich den drahtigen Mann in Cowboy-Kleidung, der mit dem Lasso schwingend auf dem zweiten Holzbrett von unten stand. Ein ungutes Gefühl überfiel mich von einer Sekunde auf die andere.

Zu spät. Ich ärgerte mich über meinen unkontrollierten Auftritt.

Mit zwei, drei schnellen Wendungen versuchte ich, dem Unheil auszuweichen. Schon spürte ich die Schlinge, welche sich um meinen Hals legte und mit jeder weiteren Bewegung von mir zog sie sich zu. Ein Gefühl von hunderten Kilogramm Gegengewicht führte dazu, dass das Lasso meine Luft immer enger abschnürte. Abrupt stoppte ich den Lauf und scharrte hektisch mit den Vorderfüßen hin und her.

„Wenn der Berg nicht zum Propheten kommt, muss der Prophet eben zum Berg", hörte ich den Cowboy freudig über die Koppel tönen.

Ich finde es zum Kotzen. Ich gebe mich geschlagen, so mein zweiter Gedanke. Langsam ließ ich mich von der Koppel führen. Zynisches Applaudieren begleitete meinen Abgang. Ein letztes Mal warf ich einen Blick zurück.

Die Tür in das freie Gelände öffnete sich weit und die Augen fixierten ein großes metallisches Monster.

Nein, das schaut nicht erfreulich aus. Mein Gehirn drängte zur Flucht. Ruckartig brach ich nach rechts aus. Doch genauso flink zog sich das Seil fester um meinen Hals. Selbst die Augen trübten sich vor lauter Schmerz ein.

Kein Mensch sagt dir im Vorfeld, dass es Transportgefährte für Pferde gibt. Was für ein

Blödsinn. Wir Pferde sind dafür geboren, uns naturbelassen fortzubewegen. Aber nicht in einem Anhänger. Meine Naivität holte mich ein. Schnell klärte sich auf, dass man uns überall hin beförderte. *In die Tierklinik. Von einem Stall zum anderen. Zu Veranstaltungen, Trainingszentren, zu Wettkämpfen.*

Hat sich einmal ein Reiter überlegt, ob uns Pferden das überhaupt gefällt? Erneut so ein naiver Gedanke von mir.

Praktisch ist es nicht möglich, uns zu fragen. Aber gibt es keinen anderen Weg, als uns oft zu irgendetwas zwingen? Erneut ein Geistesblitz, der mich in die Sackgasse lotste.

Mein erstes Abenteuer in dem Pferdeanhänger hinterließ einen bleibenden Eindruck. *Blöd, dass es nicht hinhaut mich zu wehren.* Mit einem Seil um den Hals begleiteten mich zudem unzählige Klapse auf beide Seiten im hinteren Rückenbereich. So schob man mich nach langen Gezerre in diese mobile Box.

Jetzt stand ich verloren irgendwann im Inneren des Anhängers. *Eingezwängt, mit fast keinem Platz, um mich zu bewegen.* Laut gab ich meinen Unmut durch kräftiges Wiehern zum Ausdruck.

Hämisches Gelächter erntete ich dafür.

„Vielen Dank für die weite Anreise", hörte ich meinen bisherigen Besitzer reden. *Solche Feiglinge. Nicht einmal alleine sind sie mit mir fertig geworden. Da kaufen sie extra so ein Greenhorn von was weiß ich woher ein.*

Ein gewisser Stolz überkam mich. *Eine neue Strategie? Wenn sich manches schon nicht verhindern lässt, erschwere ich mühelos alles ein bisschen.*

Durch erneutes Wiehern versuchte ich, meinen Unmut auszudrücken. Mit quietschenden Reifen fuhr der Wagen vom Hof weg. *Hinein in eine unbekannte Zukunft.*

Dichte Staubwolken umspielten dabei den Anhänger, sodass ich fast keine Luft mehr zum Atmen bekam. *Hallo, hilft mir mal jemand?* Mein Unbehagen interessierte eben niemanden mehr.

Kapitel 3

Im Nachhinein fällt es mir schwer, diese Reise ins Ungewisse zu beschreiben.

Mir fehlt jegliches Gefühl, wie lange ich in dem Anhänger gesteckt habe. Es graust mir bei dem Gedanken an diese erste Begegnung. Gleichfalls wenn es nicht die letzte in meinem Pferdeleben gewesen ist.

So wechselte ich von der einen Seite des Landes auf die andere.

Nach der rauen Nordsee Dänemarks erhielt ich ein neues Zuhause unterhalb von Aarhus. Der Pferdehof lag drei Kilometer von der Aarhusbucht entfernt und so vermisste ich schon nach kurzer Zeit meine letzte Heimat.

Einbildung ist auch eine Bildung. Die Ausläufer der Ostsee ersetzen nicht das Feeling der Nordsee. Doch noch mehr als das Meer vermisste ich freilich meine Mutter. Es fehlte mir schnell ihre Nähe und Zuneigung.

Eine gewisse Art von Anerkennung oder das Gefühl von Vertrautheit heimste ich an meiner neuen Wirkungsstelle nicht ein. Weder jetzt, noch in den nächsten Monaten, und so ließ ich den Pferdealltag über mich ergehen. *Ohne jegliche Empathie oder Hingabe von meiner Seite aus.*

Obwohl mich zum Beispiel das Thema Hufschmied nicht tangierte, rätselte ich oft über den Sinn. Bei meiner Mutter tauchte er damals regelmäßig auf und schlug dieses blöde Eisen auf ihre Hufe. *Warum haben unsere Urahnen so etwas nicht getragen oder gebraucht?*

Diese Frage blieb wie so viele in meinem Leben unbeantwortet. Erst etliche Zeit später bekam ich den Unterschied von einem Wildpferd und mir in einem Gespräch zwischen einer Mutter und deren Tochter erklärt.

Das habe ich verstanden. Obwohl es ein mehr als trauriger und emotionaler Moment gewesen ist. Vor allem die Erkenntnis, dass wir nicht mehr so leben, wie es von der Natur ursprünglich vorgesehen ist.

Die Mutter erklärte es ihrer Tochter, als sie sich genau vor meiner Box befanden.

„Bei Pferden in freier Wildbahn wurde das Horn beim Lauf oder schnellen Trab abgerieben. So entstand ein natürliches Gleichgewicht und die Pferde verletzten sich kaum. Passierte doch mal ein Ungeschick, schonten sich diese Wildpferde instinktiv, bis sie wieder gesund waren."

Bis heute habe ich die Antwort der Tochter nicht vergessen. „Sind ja richtig schlaue Tiere gewesen."

„Pferde sind auch heute noch schlaue Tiere", gab ihr die Mutter Recht. „Nur leben sie nicht mehr in Freiheit. Sie müssen mit den unterschiedlichsten Bodenbeschaffenheiten zurechtkommen, Reiter aushalten und deshalb werden sie zum Schutz von Verletzungen wie zu schneller Abnutzung mit dem Huf ausgestattet."

„Schade", antwortete ihre Tochter.

„Was ist schade, meine Kleine?"

„Dass wir sie einsperren."

„Die Zeiten haben sich geändert und der Lebensraum für die Pferde genauso. Du willst ja schließlich auch das Reiten erlernen."

„Ja", stimmte die Tochter zu und beide verließen den Stall.

So ist das, wenn wir unsere Freiheit nicht selbst bestimmend wählen dürfen. Alle sechs Wochen kommt der Hufschmied und fummelt an uns herum. Und glaubt ja nicht, dass es uns nie wehtut. Es gibt den oder den Hufschmied. Den, der dir Schmerzen bei der Prozedur beschert und den, der uns absolut behutsam beschlägt. Mit Gefühl, Achtsamkeit und du bemerkst nichts. Es ist mir im Laufe der Jahre nicht entgangen, dass es immer weniger Menschen mit dem Hang zu diesem Beruf gibt.

Irgendwann in meinem Leben wanderte der Kelch nicht mehr an mir vorbei. Danach unterschied ich mich nicht mehr von den anderen Pferden eines Stalles. Die kurze Zeitreise in die Zukunft unterbrach mein neuer Besitzer und holte mich in die Realität zurück.

Eine neue Idee kristallisierte sich bei ihm heraus. *Ausbildung zum Reitpferd. Ist dies eine gute oder eine schlechte Nachricht?* Ich fand keinen Bezug dazu.

Mein Käufer, Mitte fünfzig, beachtlich kräftig und untersetzt, entpuppte sich überhaupt nicht als ein Mensch, der mit der Zeit schritt. Altes Denken prägten seine Werte und die Sprache.

„So. Jetzt gehörst du mir."

So eine Aussage. Ich gehöre niemandem. Nur mir selbst.

Er sah dies anders. „Mein Pferd hat mir zu gehorchen. Aus basta." Sein innerliches Gelübde, dass er als Statement nach außen abbildete.

Die schlechteste aller Varianten, die ein Jungpferd brauchte, prallte mit voller Wucht auf mich ein. Mir gegenüber stand ein Mensch, der nichts für die Seele eines Pferdes empfand.

Er besaß weder sanfte Berührungen, noch prägte etwas Nettes sein Wesen.

Sowas von überaktiv und hektisch. Ein unmöglicher Kerl.

Leider blieb dies nicht die einzige, negative Erfahrung in den nächsten Jahren. *Warum versetzen sich sogenannte Pferdefreunde so wenig in die Lage des ihnen anvertrauten Tiers?*

Jeden Morgen erschien Herr Momsen wie aus dem Nichts als beherrschender wilder Stier in der Box. Beim heutigen Besuch sah ich das Halfter in seiner rechten Hand. Mit der Linken zog er meinen Kopf unsanft zu sich herum und ohne Vorwarnung versuchte er, mir das Halfter umzulegen.

Vier Wochen schaffte ich es, mich dagegen zu wehren. Aber Herr Momsen erwies sich im wahrsten Sinne des Wortes als pelzig und extrem ausdauernd. Verschwinde. *Lass mich in Ruhe.*

Zuerst versuchte ich, mich wegzuducken, drängte ihn das ein oder andere Mal aus der Box oder zwängte seinen Bauch ein, wodurch er mit der Atmung stockte. Sein Verhalten steigerte sich ins Unbeherrschte.

Bei jedem Besuch beschimpfte er mich abfällig mit „Triggy".

Ich trage doch kein abstoßendes Brandmal.

Ohne Unterlass redete er vor sich hin. Dies wiederum verursachte einen schweren und lauten Atem.

Das hat mich so gewaltig abgetörnt. Widerlich.

Eine nette Form der Begrüßung sparte er sich immer beim täglichen Erscheinen in meiner Box. *Als ob ich ein Stück Vieh auf der Weide bin. Heute sehe ich es entspannter. Stellt euch mal vor, ein bis dato unbekannter Rancher begrüßt euch so?*

Wie spielt sich ein Treffen bei Herr Momsen ab? Gibt es kein Hallo, kein gegenseitiges Vorstellen mit Namen, kein respektvolles Kennenlernen? Dabei prägten gerade solche Elemente ein erstes Date. Wie handelte Herr Momsen?

Wie ein Elefant im Porzellanladen? Textet den Fremden ohne Wenn und Aber zu. Hauptsache wichtig.

Wenig später packte er ihn unsanft an der Schulter. Drückte ihn ruckartig an sich und schüttelte als Wohlgefallen seinen ganzen Körper durch.

Passiert dies in Wirklichkeit? Nein! Warum verhält sich dieser Mensch beim Pferd so anders? Ohne Wertschätzung. Ohne Hingabe und Zuneigung. Ohne ein sanftes Hallo. All diese Elemente zusammen sind eine so ausgezeichnete Basis für eine gemeinsame Zusammenarbeit. Aber nein. Die Realität schaut anders aus.

So verlor ich nach und nach all die innerliche Kraft. Ich wehrte mich immer weniger dagegen und eines Tages ergab ich mich dem Schicksal. Herr Momsen triumphierte, als er das Halfter über meinen Kopf streifte und führte sich hinterher selbstbewusst wie Oskar auf. *Mir ist es dabei absolut mies gegangen. Selten habe ich mich so scheiße gefühlt.*

Diese Lustlosigkeit prägten meine nächsten Wochen und Monate. Zwar gelang es Herr Momsen, mich aus der Box auf die Koppel zu führen. Nur den Triumph, mich zu satteln, den vergönnte ich ihm nicht.

Nicht mit mir. Durch mein unausgeglichenes Verhalten und den zügellosen Ausbrüchen heimste ich mir jede Menge an Respekt bei Herr Momsen ein.

Ich habe die Angst in den Augen gesehen. Nein, gespürt.

Selbst das massive Einsetzen seiner Statur half ihm dabei nicht. Was er völlig missdeutete, war meine Körperspannung. Obwohl ich mehr als deprimiert und lustlos dahin trabte, den Kopf nach unten hängen ließ, überraschte ich ihn immer wieder aufs Neue mit meinem bockigen Verhalten. Damit traf ich seinen Nerv.

Ich schuf eine Aura der Nicht-Beherrschbarkeit um mich. *Nicht berechenbar sein. Eine einmalige Situation, die ich köstlich ausleben werde. So mein ehrgeiziger Plan. Nur am Ende ist meine Strategie nicht aufgegangen.*

Wenn du null Wassereimer in deiner Nähe findest, wirst du schon zwecks des Überlebenswillens weich. Viel Durst ist ein gewaltiges Druckmittel.

So trug ich eines Tages gehorsam einen Sattel und mein Besitzer tänzelte vor Freude auf der Koppel. Der verlassene Mut hielt mich davon ab, ihn anzugreifen.

Gedanklich bereite ich mich derweil auf den nächsten Albtraum vor.

Jetzt strebt der Kerl vermutlich an, sich auf meinen Rücken zu setzen. Schlaflose Nächte zerstörten mein inneres Pferdeleben. Leider stellte sich die Fantasie als zu harmlos dar. Zwar glaubte ich, dass keine Steigerung des Bösen im Bereich des Möglichen lag. *Leider eine Täuschung meinerseits.*

Die Schreckensvision offenbarte sich in Form von Frau Momsen. *Eine schrille, laute und verzogene Mittvierzigerin,* so lautete mein Urteil über sie. Es behaftete sie ein irres Lachen und bei jedem Besuch herrschte im Stall helle Aufruhr.

Bei den Reitern und Stallburschen hatte sie schon lange den Name Heuschrecke. *Und diese Heuschrecke versucht ernsthaft, meinen majestätischen Rücken zu erobern? Never. Das verbitte ich mir. Die wird mich kennenlernen. Da ist mein Name Triggy, den sie alle verwenden, ein wahres Reinheitsgebot dagegen.*

Meine aufgestaute Energie entlud sich wütend in einem Marathonlauf im Kreis auf der Koppel herum. *Heute bin ich gerettet,* wieherte ich fröhlich.

„Du blödes Pferd. Bleib stehen", rief sie mir zornig hinterher, somit beeinflusste sie unter Umständen mein Verhalten. *Nein, so leicht bekommst du mich nicht.*

Für diesen Tag gelang es mir, den Sieg einzuheimsen. Aber ich sah mich genötigt, ihn mir jedes Mal aufs Neue zu erkämpfen. Frau Momsen stand schwer gekränkt in ihren zu engen Reiterklamotten in der Mitte der Koppel. Fluchend stampfe sie von dannen.

„Du kleine Göre, dir werde ich schon noch zeigen, wie du dich zu verhalten hast, wenn ich zu dir komme."

Was sie damit meinte und wie teuflisch sich dies anfühlte, erlebte ich zwei Wochen später. Fast schon fühlte ich wieder ein wenig Sicherheit in mir, als sie nach diesen vierzehn Tagen urplötzlich vor meiner Box herumfummelte.

Zuerst nahm ich sie gar nicht wahr. *Wie fies ist das, sich schlichtweg heranzuschleichen?* Zu spät reagierte ich auf die Peitsche in ihrer Hand, die sich mit einem kräftigen Schlag über meinem Rücken entlud.

Zeitgleich näherte sie sich mit ihrem aufgespritzten Mund meinem Ohr und brüllte zu guter Letzt hinein: „Jetzt höre mir mal zu, du nutzloses Pferd. Wir haben nicht so einen Haufen Geld ausgegeben, damit du hier in aller Seelenruhe im Stall herumstehst und unser Heu wegfrisst."

Dabei fuchtelte sie hart auf meinem Rücken herum. Durch lautes Wiehern versuchte ich, sie zu stoppen. Zudem drängte mein Körper sie zur Seite und mit kleinen Andeutungen von Bissen verschreckte ich Frau Momsen endlich.

Mit einem lauten Schreien rannte sie aus der Box, stieß gegen einen mit Wasser gefüllten Blecheimer am Boden, schleuderte ihn wutentbrannt zur Seite und schrie unentwegt. „Dieser kleinen Zicke werde ich Manieren beibringen. Warte ab, wer zuletzt das Sagen hat."

Ich hingegen zupfte siegesgewiss an meiner Heuraufe und die nächsten drei Tage kehrte erneut Ruhe ein.

Die Ruhe vor dem Sturm. Dieses Sprichwort holte mich im wahrsten Sinne ungemütlich ein. Am vierten Tag brach es über mich herein und hinterließ eine komplette Ansammlung von Ängsten in mir.

Frau Momsen erschien bald am Morgen im Stall und beschimpfte wie gewohnt alle leicht dösenden Pferde, bis sie meine Box erreichte. Leider verschätzte ich mich in der Annahme, dass sie wieder die Peitsche verwendete. *Da bin ich gewappnet. Meine Fehleinschätzung.*

Zu spät erkannte ich ihr perfides Vorhaben. Von einem Moment auf den anderen erstarrte ich zur Salzsäule. Mein ganzer Körper verspannte sich, die Muskeln verhärteten und mit dem nächsten Atemzug spürte ich diesen tiefbohrenden Schmerz.

Niemand hielt sich zu so früher Stunde im Stall auf und bemerkte das Handeln von Frau Momsen, wie sie mich mit einem Elektroschocker malträtierte. Der Schmerz breitete sich über meinen ganzen Körper aus, bis er mein Gehirn erreichte.

Unfähig zu einer Reaktion spürte ich das Halfter um meinen Hals und willenlos führte sie mich aus dem Stall hinaus auf die

Koppel. Dort warf sie eine abgenutzte Decke über meinen Rücken und den Ohren blieb die ganze Zeit nichts anderes übrig, als ihre unflätigen Worte zu ertragen.

Als ich den ersten Schockzustand überwunden hatte, bemerkte ich, was sie im Schilde führte und meine Rache nahm Konturen an. Scheinbar harmlos und demütig stand ich auf der Koppel, was ihr eine trügerische Sicherheit vermittelte. Den Kopf beugte ich tief nach unten, wartete aber mit hellwachem Verstand auf ihre nächsten Aktivitäten.

Frau Momsen holte sich eine Aufstiegshilfe und als sie anfing, ihren Körper auf meinen Rücken zu hieven, erlebte sie den rasanten Satz nach vorne. Statt auf mir, landete sie unsanft im verbrauchten Gras der Wiese.

Ihre Schulter touchierte dabei die Aufstiegshilfe, was zur Folge hatte, dass statt ihres unbeherrschten Schimpfens ein lauter Schrei ertönte. Das Brüllen verwandelte sich in einen Orkan, nicht ersichtlich ob wegen des Schmerzes oder des verletzten Stolzes, aber sie erreichte damit, dass irgendwann Herr Momsen auf der Koppel erschien.

Zu diesem Zeitpunkt stand ich schon am äußersten Rand, sodass er sich fürs Erste ratlos seiner Frau zuwandte. Mit jedem Schritt, den er sich ihr näherte, entstand in seinen Gedanken ein mögliches Konstrukt, was hier offensichtlich geschehen war.

Was ihn letztendlich dazu veranlasste, statt seiner Frau Trost zu spenden, ihr eine gehörige Ladung Frust zukommen zu lassen. Wie ein Rohrspatz schimpfte er auf sie ein.

„Du bist doch eine dumme Nuss. Habe ich dich nicht ausdrücklich vor diesem Pferd gewarnt. Es ist böse und eine blöde Zicke. Aber nein, du musst es ja besser wissen und es ausprobieren."

„Pferd ist Pferd", vernahm er seine Frau mit weiter kreischender Stimme. „Ich lasse mich nicht von so einem Tier niedermachen."

„Genau. Was hast du damit erreicht? Rein gar nichts."

Von Weitem dachte ich mir das Gleiche. *Nichts, nur Schmerzen.*

„Du wirst es erleben, wie Tricky mir folgt, wenn sie ein weiteres Mal diesen Schmerz verspürt." Sie drehte sich in meine Richtung und drohte mir mit beiden Händen. „Dich mache ich mir noch gefügig."

Du hast mir gar nicht zu drohen. Notfalls renne ich dich über den Haufen.

„Gar nichts wirst du versuchen", nahm Herr Momsen im Augenblick ihre Entscheidung ab. „Das Pferd wird verkauft. Ich bin ein Narr gewesen. Tricky. Wenn ein Pferd schon so einen Namen mit sich herumträgt. Mein Fehler. Hoffentlich finde ich einen Käufer. Wer will schon so ein Stutfohlen mit so einer Macke."

Prima, dachte ich mir damals. *Nur auf mich eindreschen. Macht mich nur klein. Gegebenenfalls haut ihr weitere Namen für mich heraus. Smukke, Tricky, Zicke. Was kommt als Nächstes? Crazy?*

Kaum befand ich mich ohne meine Besitzer auf der Koppel, gönnte ich mir erst einmal einen langen Powerauslauf. All die ganze Wut und das Unverständnis, welches ich verspürte, verschwand hoffentlich zügig aus meinem Körper.

Möglichst schnell, hoffte ich mit jeder Runde. Am Ende blieb ich vom Schweiß verklebt in der Mitte der Koppel stehen. *Das ist blöd,* dachte ich mir, als ich meinen Blick umher warf.

Jetzt rächte sich das endlose Auspowern. Nirgends auf der ganzen Koppel stand heute ein einziger Wasserbehälter. *So ein Mist.*

Damit man mich elendig demütigte, kümmerte sich an diesem Tag, die ganze Nacht und den nächsten Vormittag niemand mehr um mich. Bis endlich ein Stallbursche an der Koppel auftauchte, mich in den Stall führte, dort abbürstete und ich durch meinen trockenen Hals endlich wieder Wasser laufen spürte.

Manchmal fühlt sich ein Sieg wie eine Niederlage an. Aber mein Durst und der Wunsch, weiterzuleben, sind stärker gewesen, als aufzugeben.

Kapitel 4

In dieser Nacht schlich sich Herr Momsen zu meiner Box. Angespannt stellte ich mich quer in den Raum. In seiner linken Hand hielt er eine halbleere Flasche Wodka und er erweckte einen völlig betrunkenen Eindruck.

An einem Strohballen vor meiner Box ließ er sich nieder, führte die Flasche zum Mund und sprach zu sich selbst. Bis er irgendwann seine Stimme an mich richtete.

„Weißt du eigentlich, was ich für Hoffnungen ich in dich gesetzt habe? Nein, natürlich nicht. Du bist ja ein Pferd. Was bin ich für ein Narr gewesen."

Volltrunken sowie schimpfend verließ er den Stall und ließ mich in wirren Gedanken zurück. *Wie ist es möglich, dass ich mir bei so einem Erlebnis meine Frohnatur bewahre? Nein, die ansteckende blendende Laune lasse ich mir als Jungpferd nicht kaputtmachen! Ein frommer Wunsch. Du verlierst sie Tag für Tag.*

So stand ich auf dem Gestüt der Momsens und jeden Morgen fragte ich mich aufs Neue, wie es weiterging. Zumindest versorgte man mich mit frischem Heu und Wasser.

Slomka, der polnische Helfer im Stall, geleitete mich jeden Tag auf die Koppel. Zudem pflegte er mein Fell und reinigte die Box. *Aber war das alles?*

Oft rief ich mir in den einsamen Nächten die Worte meiner Mutter ins Gedächtnis. Die Erlebnisse aus ihrer Kindheit retteten mich oft vor dem Verrückt werden. *Was für eine herrliche Küste das Meer an der Nordsee in Dänemark ist.*

So verging Tag für Tag. Durch Bemerkungen von Slomka erfuhr ich, dass sich mein Aufenthalt auf Dauer als reiner Kostenfaktor darstellte.

Kostenfaktor. Ein Wort, das ich nicht verstand. Nur, dass es komplett unangenehme Hintergedanken bei mir hervorrief. Jedes Mal, wenn ich dieses Wort vernahm, stellten sich meine Ohren extrem senkrecht nach oben.

Vor allem aber sorgte es dafür, dass ich mich höchst unwohl fühlte. Die Zeit verging. Mir fehlten der Geschmack des Meeres, das Rauschen der Dünen und das Leben entlang der Gezeiten.

Im Stall isolierte man mich von den anderen Pferden. Was meine Zufriedenheit nicht berauschend nach oben hievte. Im Besonderen nervte mich die Missachtung meines Namens.

Kein Mensch verwendet ihn so ursprünglich, wie ich heiße. Smukke. Ich hörte nur Triggy.

Mein von Geburt lautender Name verblasste im Raum der Zeit.

Als Highlight kristallisierte sich alle sechs Wochen der Besuch des Hufschmiedes heraus. Zwar verkleideten meine Hufe keine Hufeisen. Aber er schnitt sie jedes Mal sauber aus, damit ich anständig lief.

Das Schönste am Besuch empfand ich in seinem Wesen. Er behandelte mich wie eine Königin, lobte mein Äußeres, flüsterte mir liebevolle Worte ins Ohr, die sich bezaubernd anhörten. Zudem bewunderte er meine elegante Erscheinung.

In der kurzen Zeit seines Daseins gewann ich an Selbstvertrauen und ich wuchs voll in die Höhe. Drei Tage später sank mein Rücken erneut nach unten und ich bewegte mich wieder wie das ekelhafte Entlein auf dem Wasser.

So verbrachte ich all die nächste Zeit und keinem Menschen fiel dabei auf, dass sich mein erster Geburtstag näherte. Am Tag dessen wartete ich vergebens auf ein Zeichen und deshalb stürzte ich in eine tiefe, innere Leere.

Ich rechnete nicht mit einer Kerze, die mir jemand im Stall vorbeibrachte.

Wenigstens eine Möhre oder einen Apfel als kleine Aufmerksamkeit. Dieser Wunsch erfüllte sich nicht.

Am Nachmittag erschien Herr Momsen auf der Koppel. *Er wird mir aber jetzt nicht zum Geburtstag gratulieren?* Von Weitem roch ich seinen Angstschweiß.

„Nein!" Er schimpfte kurz und brüllte über die gesamte Koppel. „Morgen bin ich dich Nichtsnutz los. Jeden Tag steht ein Depp auf. Genauer gesagt ist es eine Frau, die es mit dir versuchen will. Für mich bist ein reines Draufzahlgeschäft gewesen."

Wieder das blöde Wort, dachte ich mir, stieg vor lauter Wut vorne in die Höhe und rannte im Galopp Richtung von Momsen. Schnell verließ dieser die Umgebung der Koppel und verschwand im Haupthaus. Kurz davor gab er Slomka, der ihm in den Weg lief, ein paar Anweisungen.

„Heute bekommt sie nichts mehr. Verstanden? Und machen Sie das Pferd morgen früh fertig. Es wird abgeholt."

„In Ordnung Herr Momsen." Von Slomka erwartete ich nicht den geringsten Widerstand. Langsam entspannten sich alle Muskeln. Kurz überlegte ich, was mich morgen erwartete. Später in der Box spielten meine Gedanken weiter Karussell.

Wie fühle ich mich bald? Besser oder mieser? Gruselgeschichten von Pferden fielen mir ein. Pferde, die man zum Schlachthof führte oder in aberwitzige Ställe abschob. Kalter Schweiß überdeckte ab diesem Moment meinen Pferderücken.

Zum Schluss flüchte ich in die Erinnerung an eine Geschichte, die mir Mutter an einem

Abend erzählte. Sie nannte diese Erzählung immer nur „Die Silbenflüsterin."

Ich stellte mich am letzten Abend auf dem Momsen'schen Gestüt in die hinterste Ecke der Box und holte mir andächtig die Worte meiner Mutter in mein Bewusstsein.

Früh am Morgen, dem zweiten Tag im August, trabte Suprebe, ein schwarzer Hengst über die verbrannten Wiesen der Gegend. Sein Aussehen prägte eine Mischung aus spanischen Blut und dänischem Erbgut.

In früheren Jahrhunderten dienten wir Pferde den Menschen als Unterstützung im Krieg. Fiel ein Reiter in der Schlacht, ereilte uns meistens das gleiche Schicksal.

Suprebes Reiter glitt gestern für immer von seinem Rücken. Zügig rannte das Pferd von dannen, damit er dem Tod enteilte. Und seither trabte er ziel- und orientierungslos durch die Weite der Landschaft, weit weg der ursprünglichen Heimat Dänemark.

Lange vernahm er in der Ferne die Laute der Kampfhandlungen. Immer weiter trieb er sich an, bis er atemlos vor einem imposanten Wald anhielt. Die Bäume standen so dicht aneinander, dass kaum Licht das Innerste erreichte.

Nur der Anfang eines sich schlängelnden Pfades verriet so etwas wie einen Weg in das Dunkle des Waldes. Leicht zog Suprebe seine Nüstern nach oben, um herauszufiltern, ob ihm Gefahr drohte.

Zurück in die andere Richtung der freien Steppe schied aber im Moment für ihn aus. *Zum Ort des Kampfes. Nein.* Aber der Respekt des Waldes beherrschte schon bald sein Handeln. So stand er stundenlang starr auf einem Fleck vor dem Eingang in den mystischen Wald.

Die Zeit verging, die Sonne verabschiedete den Tag und Suprebe bereitete sich auf die Nacht vor. *Die ersten einsamen Stunden seit langer Zeit,* geisterte es ihm im Kopf herum. Ohne Reiter, den anderen Pferden, dem ewigen Weiterziehen, den grausamen Bildern, die sich täglich in sein Gehirn brannten.

Seltsam, überlegte Suprebe, *dass ich kein anderes Tier in dem Wald vor mir höre. Als ob der Wald ohne Leben ist. Ohne Seele.*

Bevor sich sein Gefühlsleben darauf einstellte, vernahm er diese leise Stimme. Zuerst ignorierte der Hengst die unwirklich klingende Akustik in der Stille der Nacht. So tief wähnte er sich in seinen Gedanken, bis er ruckartig den Kopf von der einen auf die andere Seite schlug.

Wieder erreichte die Stimme seine Sinne und dieses Mal konzentrierte sich Suprebe auf die einzelnen Wörter. „Nichts ist so verborgen, wie das Offensichtliche."

Ehrlich gesagt, dem Hengst fehlte jegliche poetische Veranlagung. Er begriff nicht annähernd den Sinn dieser Silben. Und doch berührte die Melodie der Sprache und die Stimmfarbe zutiefst sein Innerstes.

„Nichts ist so verborgen, wie das Offensichtliche." Erneut rauschte dieser Satz in seine Ohren hinein. Weiterhin starr vor Unsicherheit suchte sein Kopf die Umgebung ab.

Hier die dunkle Steppe mit dem leichten Schein des Mondes und dort die völlig unsichtbare Wand des Waldes. Nichts. Selbst die Bäume sehe ich nicht mehr, konstatierte der Hengst für sich. *Als ob ein Zauber über der ganzen Fläche liegt.*

Seine Nüstern zogen kräftig die kühle Luft ein und sofort klärte sich sein Gehirn. „Nichts ist so verborgen, wie das Offensichtliche."

Wieder flüsterte die unbekannte Stimme den Satz und mit einem Mal spürte Suprebe einen seltsamen Drang. *Ich habe keine andere Wahl, als diesen dunklen Wald zu erforschen.*

Mutiger in seinen Gedanken überlegte er weiter. *Nur ein kleines Stück. Ein bis zwei Pferdelängen.* Und kaum wiederholte sich der Satz ein viertes Mal, durchbrach der Hengst die schwarze Wand.

„Nichts ist so verborgen, wie das Offensichtliche." In der gleichen Sekunde verschwand die Dunkelheit um Suprebe und er stelle erstaunt fest, dass der Wald augenfällig lebte.

Was für ein Anblick und welch ein Leben. Völlig sprachlos stand er am Anfang des Pfades, der sich durch die Bäume schlang. Obwohl die dicken Stämme nicht alles preisgaben, spürte Suprebe sofort tiefste Dankbarkeit in sich.

Zwischen den Ästen der Bäume blinkten dem Anschein überall Tausende von Lichtern. Nicht grell, aber hell genug, damit er all die unwirklichen Wesen um sich herum bemerkte. *Was ist das alles?,* staunte er sprachlos.

Suprebe sah himmlische Feen, die sanft und schwerelos im Raum nach oben schwebten. Junge Elfen, singend in Behältern aus Laub, die weit oben in den Kronen schwangen. In der Mitte trohnte die wahrhaftige Königin in ihrem weiß-goldenen Kleid.

Suprebe ließ sich auf die leicht feuchte Erde nieder und schnell vergaß er all das Leid wie auch den Schmerz in seinem Kopf. Obwohl er nie einen anderen Satz hörte, verschmolz er von diesem Moment an mit den Bewohnern des Waldes.

„Nichts ist so verborgen, wie das Offensichtliche."

Ob Suprebe für immer sein Leben im Wald verbrachte, überlieferte keine Legende. Der Satz der Zeilenflüsterin überlebte die Sagen und Märchen bis in die heutige Zeit.

Tief bewegt stand jetzt ich, Smukke, in der Ecke der Box, spürte die Leichtigkeit meines Körpers und wünschte mir ein Dasein wie Suprebe. *Glaube ich daran und mir erscheint die Zeilenflüsterin einmal in meinem Leben?*

Entspannt verbrachte ich im Schlaf die letzten Stunden auf der Ranch der Momsens. Nach Sonnenaufgang erschien Slomka und teilte mir meine bevorstehende Abreise mit.

Er führte mich aus der Box hinaus und von Weitem sah ich das Ungeheuer, das mich hierher gebracht hatte. *Nicht schon wieder,* stammelte ich innerlich, was eindeutig niemanden störte.

Weg von hier. Mein größter Wunsch. Deshalb ließ ich mich zur Überraschung der Anwesenden brav zum Anhänger führen, wo ich wenig später meinen Platz fand.

Somit trat ich die Fahrt in mein nächstes Abenteuer an. *In den verwunschenen Wald?*

Kapitel 5

Nein. Eine halbe Stunde später stoppte der Wagen und der verwunschene Wald stellte sich als kleiner Bauernhof dar. Eine Frau, Anfang dreißig, führte mich aus dem Anhänger und band mich an einem dicken Pflock einer offenen Box fest. Nicht die klassischen Pferdeboxen, die ich bisher kannte.

Wo bin ich jetzt wieder gelandet?, so mein erster Gedanke. Die Frau verabschiedete sich schnell von Herrn Momsen und der schien froh über das Geschäft zu sein, denn er verließ noch abrupter ihr Grundstück.

Verschwitzt wischte sich die Frau über ihre Stirn, warf mir unschlüssig einen schnellen Blick zu. Kurz vereinten sich unsere Augen und der Kontakt brach ab. Sie verließ den Vorplatz ihres Hauses und verschwand darin.

So stand ich ein weiteres Mal recht alleine im Nirgendwo. Dieses stellte sich als Einsiedlerhof in der Nähe von Stavtrup heraus. Knapp acht Kilometer vom letzten Aufenthaltsplatz entfernt.

Wahnsinnig weite Reise.

Was für eine blanke Ironie. Die Lebewesen meines verwunschenen Waldes stellten sich in Wirklichkeit als ein Esel und ein Hund heraus. *Adé, du schöner Traum.* Dazu gesellten sich zudem drei Hühner sowie ein freches Schaf.

Stavtrup entpuppte sich als Vorstadt von Aarhus. Weit außerhalb der Wohngebiete verbrachte ich die weitere Zukunft. Hinter dem Haus lag in Sichtweite der Brabrand See. Links daneben erschloss sich mit dem Årslev Engsø ein weiteres Gewässer.

Zwar ersetzten die beiden Seen nicht mein geliebtes Meer. Aber vom ersten Tag vernahm ich den Duft vom Wasser, der Weite und spürte die vermisste Sehnsucht. In Gedanken vertieft, bemerkte ich meine neue Besitzerin erst, als ich eine frische Möhre am Maul spürte.

Will sie mich bestechen oder ist das ernst gemeint? Wie misstrauisch ich geworden warbin. „Hier", sprach sie mich an. „Ich bin Freya und das hier ist meine zehnährige Tochter Alma."

Dabei zog sie hinter ihrem Rücken ein kleines Mädchen hervor. Mit verschreckten Augen schaute Alma zu mir und als ich nach dem Verspeisen der Möhre ein paar Mal kräftig pustete, zog sie sich drei Schritte zurück.

„Du musst keine Angst haben. Sie macht dir nichts", beruhigte Freya ihre Tochter.

Woher glaubt sie das zu wissen?, grummelte es in mir. *Kennt ihr mich? Da ich aber nicht den Eindruck eines Monsterpferdes anstrebte,* bewegte ich mich bedächtig in Richtung Alma.

Langsam wich die angstvolle Haltung aus ihr und ungelogen fasste sie all ihren Mut zusammen. Ihr rechter Arm bewegte sich Richtung meines Kopfes. Geduldig ließ ich ihre Berührung zu.

Strahlend sah sie zu ihrer Mutter hoch. „Siehst du", lobte diese Alma und ermunterte sie, am Kopf bei mir zu necken. „Wie nennen wir unser Pferd? Was meinst du? Trikky gefällt mir nicht."

„Mir auch nicht", antwortete Alma.

Dann sind wir ja schon zu dritt, stieg es leicht säuerlich in mir hoch. *Ich heiße Smukke. Nur hören funktioniert ja nicht und mit den Füßen das Wort schreiben habe ich nicht gelernt.*

„Plys", schrie Alma auf einmal laut heraus.

„Plys?", fragte ihre Mutter erstaunt nach.

„Ja, so wie mein Kuscheltier."

Plys. Kurz und schmerzlos. Plys oder Plüsch, wie ihr Kuscheltier. Nur zu passend, dass Pferde nicht kotzen. Ich verstehe es schon. Sie ist ein Kind. Aber Plys? Nur ungern arrangierte ich mich mit dem neuen Namen.

„Na gut", vernahm ich Freya. Alma tollte vor lauter Freude um mich herum und so schien es beschlossene Sache zu sein. Das

Kuscheltier stellte sich hinterher als Plüschhase heraus.

Stolz präsentierte sie ihn mir später und deutete erst mit ihren zarten Fingern auf mich und danach auf ihr Kuscheltier.

„Großer Plys und kleiner Plys." Leichte Verzweiflung verbreitete sich zwischen den Gehirnhälften aus. In meiner Gefühlswelt vermochte ich es nicht einzuschätzen, ob es sich als positiver Tausch herausstellte, dass es mich hierher verschlagen hatte.

Spät am Tag organisierte Alma einen Apfel für mich und ich genoss wider Erwarten den friedlichen Flecken Erde. So schlief ich ein, ohne die zahlreichen Fledermäuse der Nacht zu bemerken.

Früh am nächsten Morgen rätselte ich über mein Dasein weiter. *Was stelle ich hier dar? Und bald gebe ich mir selber einen Namen, wenn das alles so weitergeht. Die mit den vielen Vornamen. Smukke, Trikky, Zicke, Plys. Wie lange wird die Liste in meinem Leben werden?*

Abwartend äugte ich in Richtung Haustüre, die ich von meinem jetzigen Platz voll im Blick hatte. Stille lag über dem Hof, bis plötzlich die Tür aufflog, Alma zu mir herüber rannte und mich tätschelte.

„Bis später, Plys. Ich muss zur Schule." Und schon bewegte sie sich mit ihrem Schulranzen auf dem Rücken gespannt Richtung Hauptstraße. Wie ich im Laufe der Zeit erfuhr, holte sie dort jeden Morgen der Schulbus nach Aarhus ab.

Fünf Minuten nach Alma verließ Freya das Gebäude. Sie würdigte mich keines Blickes, stieg gehetzt in einen älteren Kleinwagen und fuhr vom Hof.

Lasst mich alleine. Macht Spaß. Lerne ich endlich was für mein Leben? Wenn ich an die Erzählungen meiner Mutter aus ihren ersten beiden Fohlenjahren denke ...

Wehmut stieg in mir hoch. *Ok, das Fohlen-ABC habe ich mehr oder weniger erfolgreich hinter mir. Das Halfter, das Führen, das Anbinden. All diese Dinge und Handlungen sind mit mir möglich, wenn ich es zulasse.*

Mit Nachdruck scharrte ich mit den Vorderbeinen im sandigen Untergrund. Nur hörte mich eh keiner. *Was bleibt im Moment? Der Hufschmied und die Kuren.*

Hufschmiede empfinde ich bis heute als angenehme Menschen. Und die sich wiederholenden Wurmkuren sind geschmacklich zwar scheiße. Ich nehme jedoch an, sie lassen sich nicht ohne weiteres verhindern. Tierärzte sind trotzdem nicht meine Freunde geworden.

Wieder trug der Wind den Geschmack des Sees zu mir herüber. Oft erzählte meine Mutter von der vielen Bodenarbeit, die sie verrichtete. *Vom Ball spielen, einer Plane folgen oder einen Klappersack treten. All dies schien ihr große Freude zu bereiten. Sie sprach im-*

mer von einer Art Grunderziehung, die sie als junges Fohlen genoss.

Klassische Bodenarbeit mit Halt, Schritt, ein Schritt rückwärts. Sie empfand Elemente einfach nur bereichernd.

Und ich? Wann erlebe ich das alles? Komme ich nie über das Fohlen-ABC hinaus? War es das?

Rasch besann ich mich und verordnete mir eine gewisse Frist des Gehorsams, damit Freya und Alma eine faire Chance besaßen. *So bin ich. Anständig und fair. Manchmal.*

Nach der Schule besuchte mich Alma. Offensichtlich versorgte sie sich selbst mit dem Mittagessen, denn zu diesem Zeitpunkt arbeitete Freya meistens. Sie entfernte meine Pferdeäpfel, streute frisches Heu um mich herum, gab Wasser in den Kübel und ich fragte mich, woher dieser Automechanismus bei ihr kam.

Zwei Stunden später gesellte sich Freya hinzu und lobte Alma für das inzwischen Verrichtete. „Du hast ja Plys schon versorgt. Nichts von all dem hast du im letzten Jahr verlernt." Voller Stolz nahm sie ihre Tochter in ihre Arme und ich stand regungslos in der Gegend herum.

Mir braucht man ja nichts erzählen, ärgerte ich mich für den Moment und stapfte mit den rechten Vorderhuf laut auf. „Ist ja gut", redete Freya auf mich ein. „Wir vergessen dich nicht. Es ist eine schwere Zeit für Alma gewesen."

Kurz stockte sie. Danach fuhr sie emotional angegriffen fort. „Bis vor einem Jahr lebte Alma auf der Ranch ihres Großvaters. Nach seinem Tod sind wir hierher gezogen. Vielleicht aus Angst vor der Verantwortung der großen Ranch. Wegen der vielen Erinnerungen. Oder einfach wegen beidem."

Schluchzend stand Alma derweilen daneben. Zu tief saß der Schmerz über den Verlust ihres Großvaters in ihr.

„Aber Alma liebt Pferde über alles. Deshalb bist du jetzt bei uns. Zwar bin ich skeptisch, ob es das Richtige für dich und uns ist. Aber es ist Almas größter Wunsch gewesen. Vielleicht hilft es ihr über den Schmerz."

Zwar vermochte ich die Situation nicht einzuschätzen, dennoch spürte ich die echte Trauer und legte meinen Kopf nah an die Seite von Almas Körper. Glücklich schmiegte sie sich an mich und mit der Zeit versiegten ihre Tränen.

Da beide im Haus verschwanden, verbrachte ich die nächsten Stunden wieder alleine mit mir. Zwar gesellte sich der Haushund, Jocker, eine Mischung aus einem Terrier und was weiß ich, zu mir. Aber seine Anwesenheit erfüllte mich nicht mit Genugtuung.

Durch die Länge der Leine erhielt ich einen gewissen Radius an Auslauf. Kein Vergleich mit dem Bewegen auf einer Koppel. Und ein solches Areal erblickte ich hier überhaupt nicht.

Was bin ich hier? Ein Begleitpferd, das den ganzen Tag herumsteht? Ein Therapiepferd für Alma? Da hat mich ja Slomka mehr durch die Gegend geführt.

Kaum einen Tag hier, verspürte ich bei Freya und Alma den ersten empor kriechenden Frust. Am Abend erreichte die Sehnsucht zu meiner Mutter ihren Höhepunkt und ich flüchtete mich in die Erinnerung.

Ursprünglich ein Märchen, überlegte ich. *Ich habe es in den ersten Wochen geliebt.* Obwohl es nicht von uns Pferden handelte, sondern ein Specht die Hauptrolle spielte, vergaß ich keinen Satz davon. Ich schlüpfte erneut in die Traumwelt und lauschte gedanklich den Erzählungen meiner Mutter ...

Der kleine Specht erreichte selten die Badestelle. *Nicht oft genug,* bekümmerte es ihn. Tief versteckt im Wald bewahrte sie sich den Ruf des Einzigartigen. Nur das Entdecken und Finden dieser Oase entpuppte sich ungemein schwierig.

Ein paar Mal am Tag versuchte der junge Specht einen Anlauf und trotzdem gelang es ihm erst nach zwei Wochen, dass er einmal sein Ziel erreichte. Nicht durch eine ausgesprochen clevere Strategie. Nein, der reine Zufall führte ihn dorthin.

Dabei fühlte sich der kleine Specht auf dem Anflug Richtung Waldes relativ sicher, dass er die Oase ohne Probleme erreichte. Spätestens nach der zweiten Kurve setzten sein Gedächtnis und Fantasie aus, wohin der richtige Weg führte.

Links, rechts, fünf Bäume geradeaus. Dies empfand er als machbar. Nur danach flog er kreuz und quer durch das Waldstück. Schwupps trudelte er aus dem Wald hinaus. Mist. *Wieder nicht mein Ziel erreicht.* Frustriert drehte er ab.

Jeden Abend ärgerte er sich im Kreise seiner Artgenossen. Die anderen Spechte chillten in den Bäumen herum oder hämmerten zur Nahrungssuche in den Stamm hinein. *Und ich? Ich ärgere mich über mich selbst.*

Neidisch grollte er über jeden anderen Specht, der damit prahlte, dass er den Weg in das Innere des Waldes easy empfand. *Ja. Zweimal in einem Monat habe ich es genauso geschafft. Was für eine erbärmliche Quote.*

Dabei bezirzte der Anblick dort sein kleines Herz. Diese Reinheit hinterließ einen bleibenden Eindruck bei ihm, sodass er sich das Erlebnis jeden Tag wünschte.

Nur, dazu verhielt sich der kleine Specht extrem tollpatschig. Einmal fühlte er eine originelle Eingabe in sich. *Folge den anderen Vögeln. Was für eine Wahnsinnsidee!*

Diese gestaltete sich schwieriger, als er es sich in Gedankten ausmalte. Zwei, drei

Schwingungen hielt er mit. Dann verlor der kleine Specht vor lauter Bäumen die Orientierung beim Hinterherfliegen.

Jetzt sehe ich sie nicht mehr. Er verlor den Anschluss und kurvte stattdessen wieder im Kreise seine Runden. Vor lauter Unvermögen über sich selbst, beschloss er eines Tages, gar nicht mehr zum Wald zu fliegen.

Die Stelle wird völlig überbewertet, sprach er zu sich selbst. Ein zufriedenes Gefühl erfuhr er dadurch nicht. Nachts grübelte er oft, was er verändern vermochte. *Ich brauche einen Plan. Irgendeine Idee, für die es sich lohnt, das Risiko wieder auf sich zu nehmen.*

Seine Kreativität hielt sich in Grenzen. Bis der Moment eintraf, der sein Leben veränderte. Oder das Schicksal eine Wendung vornahm.

Eines Tages saß der junge Specht auf einem Holzpfosten am Rande einer Wiese. Den sturen Blick richtete er andauernd auf das Waldstück. Sehnsüchtig spähte er zum undurchdringlichen Dickicht.

Wie finde ich den richtigen Weg? Es ließ ihn nicht los.

Bevor er weiter an seiner Umsetzung schmiedete, setzte sich ein anderer junger Specht auf den nächsten Holzpfosten neben ihn. Verstohlen schaute er zum Besucher nach links.

Ein Mädchen. Adrett, schwirrte es ihm durch den Kopf, bevor er weiter angestrengt nach einer Lösung suchte. Plötzlich hörte er eine Stimme, die versuchte ihn anzusprechen. „Bist du auf der Suche nach dem Weg, den du nicht findest?"

Verdutzt unterbrach er seine Gedanken. *Wie das klingt. Bin ich auf der Suche? Unschlüssig in mir?*

Nicht, dass er unhöflich wirkte oder als komischer Vogel daherkam. Er wusste im Augenblick keine Antwort darauf und schwieg daher.

„Sprichst du nicht mit jedem?" Wieder richtete der weibliche Specht die Worte an ihn.

Siedend heiß lief es ihm über den Rücken. Zusehends stieg bei den Sätzen des weiblichen Spechtes seine Körpertemperatur. Eine innere Unruhe erfasste ihn, die gleichzeitig seine Gelassenheit zum Verschwinden brachte.

Nachdem er erneut keine Antwort von sich gab, hörte er den nächsten Versuch an seinem linken Ohr.

„Was es für komische Vögel gibt", vernahm er irritiert. „Taubstumm. Stockfisch. Na ja. Kannst ja nichts dafür, du armer Tropf. Geburtsfehler und schlechte Erziehung sucht sich keiner selbst raus."

Gefühlsmäßig schrumpfte der junge Specht mit jedem Wort in sich zusammen. *Jetzt wird es langsam peinlich,* überlegte er verzweifelt. *Wie komme ich aus dieser Nummer wieder heraus?*

Er nahm sich vor, nicht wie ein Volldepp auszusehen. So versuchte er einen schüchternen Annäherungsversuch. Vor lauter Aufregung verschluckte er sich und bloß ein Glucksen verließ seinen Rachen nach draußen.

Verschämt richtete er den Blick nach unten. „Du brauchst nicht traurig sein." Tröstende Worte empfingen ihn.

Jetzt stotterte er, statt zu glucksen. „Ich bin nicht traurig."

„Oh, du sprichst", hörte er den Specht neben sich.

Mehr als ein „Ja" schaffte er selbst im dritten Anlauf nicht. Ein neuer Versuch ließ seine Lippen öffnen. „Bist du auch ein Vogel?" Kaum beendete er den Satz, da schämte er sich in Grund und Boden. Bin ich völlig normal?

„Ja, ich bin ein Vogel. Ein komischer vielleicht, da ich alleine durch die Gegend fliege."

„Da sind wir ja schon zu zweit." Endlich vollendete er einen vernünftigen Satz.

„Mensch, das ist doch spitze. Verfliegst du dich ebenso ständig?"

Der junge Specht hob vorwitzig den Kopf nach links und voller Bewunderung über ihre Worte antwortete er in völliger Übereinstimmung: „Ja. Und du hast kein Problem damit, es zu zugeben?

„Warum? Dadurch fliege ich nicht besser oder schlechter. Vielleicht finde ich auf diesem Weg andere komische Vögel, denen es genauso geht."

Fast verlor der junge Specht sein Gleichgewicht auf dem Holzpfosten, als er den Stich durch sein Herz spürte.

Eine gewisse Zeit des Schweigens umhüllte die beiden, da es länger als gewollt Zeit in Anspruch nahm, bis er die passende Antwort fand.

Warum stelle ich mich so umständlich an?, ärgerte sich der junge Specht selbst. *Sag doch, was du denkst oder fühlst.*

Ja, meldete sich sein zweites Ich. *Du redest so leicht daher. Hast du nicht erlebt, wie oft sie dich schon dafür verspottet haben.*

Aber seine andere Hälfte hielt dagegen. *Aber wenn es dieses Mal was Besonderes ist? Und du hinterher der Depp bist, weil du eine einmalige Chance in deinem Leben verpasst hast?*

Der Specht rang sich zu einer Antwort durch. Nach mehrmaligem Räuspern und einem verlegenen Blick nach links, murmelte er fast nicht hörbar: „Fliege gerne mit dir zusammen."

Die Worte faselte er so schnell hintereinander runter. Übrig blieb ein völlig durchgeknallter Wortfetzen. *Jetzt ist es aus und vorbei. Chance vertan,* ärgerte sich der junge Specht.

Zu seiner ungläubigen Überraschung vernahm er erneut ihre Stimme.

„Bitte wiederhole es noch einmal. Ich höre nicht mehr so gut mit meinem rechten Ohr."

Eine Welle von Zuneigung durchfloss den jungen Specht und er schaffte es, wenigstens einen ganzen, verständlichen Satz zu bilden. „Ich fliege gerne mit dir."

„Juchhu", schrie sie, sodass der junge Specht vor lauter Aufregung wieder mit dem Gleichgewicht kämpfte. „Vielleicht schaffen wir es zu zweit zur Wasseroase in den Wald zu gelangen."

„Woher weißt du, dass ich ebenfalls danach suche?"

„Reine Vermutung", entgegnete sie mit einem entwaffnenden Augenaufschlag. Sie verschwieg, dass sie ihn schon lange beobachtete. *Nur gesehen hat er mich dabei nie.*

Da sie einiges für ihn empfand, änderte sie ihre Strategie. *Vermutlich ist es reine Intuition gewesen.* Glücklich lugte sie den jungen Specht von der Seite an, blinzelte verlockend mit den Augen und sprach leise „Komm".

Kapitel 6

Ach, warum ist es nicht möglich so frei zu sein, um davonzufliegen? Wegfliegen. Was für ein herrlicher Traum. Hoffentlich erwache ich morgen nicht in einem Albtraum.

Dieser stellte sich nicht ein. Eher Gewohnheit. Der Rest der Woche verlief im täglichen gleichen Muster. Schule, Besuche, kurze Gespräche in meiner Box, aber weder Freya oder Alma nahmen das Seil in die Hand, damit ich ein wenig Auslauf bekam.

Die Kurve meiner Zufriedenheit nahm auf der Skala wieder den Weg nach unten ein. Nach drei langweiligen Tagen erlebte ich das erste Wochenende bei Freya und Alma. *Was bleibt mir zu sagen?* In meinem Herz herrschte Hochkonjunktur vor lauter freudiger Empfindung.

Schon frühmorgens besuchte mich Alma, und als sie das Lasso vom Holzpfosten löste, wieherte ich vor Freude. *Endlich Abmarsch, raus in die Natur. Meine Beine sind schon schwer vom Rumstehen.*

Voller Stolz nahm Alma das Seil kürzer. So verließen wir für das Abenteuer unseren Hof. Ein schmaler Pfad wechselte in einen

Wanderweg und so gelangten wir direkt zum See.

An den Stellen, wo das Schilf fehlte, erblickte ich hin und wieder einen Teil der Wasseroberfläche. So trabte ich glücklich an der Seite von Freya und Alma. Während unseres Trips veranstalteten die beiden allerlei Schabernack.

Vor allem Alma fühlte sich in ihrem Element. Immer wieder versteckte sie sich hinter mir und forderte ihre Mutter auf, sie zu suchen. Ab und zu trug ich meinen Teil des Spaßes bei, indem ich mich quer stellte und weder Freya noch Alma zusammenfanden.

Eine große Freude, die sich auf meine Laune übertrug, und als wir fast am Ziel ankamen, wieherte ich nochmal kräftig und laut auf. Alma führte mich an ein freies Uferstück des Sees. Ich ließ vorsichtig meine Zunge ins Wasser gleiten, um mich zu erfrischen.

„Komm", forderte Freya ihre Tochter auf, „wir laufen heute einen Teil des Rundweges um den rechten See."

„Oh ja, dann kann ich Plys meine Lieblingsplätze zeigen."

„Mach das", antwortete ihre Mutter darauf und wir folgten dem Weg auf der linken Seite des Seeufers. Mein Blick fiel vorher über den ganzen Brabrand See. Vereinzelt entdeckte ich ein paar Angler, in der Mitte ein Heer von Kanufahrern, denn vom See floss der Aarhus direkt in die Innenstadt und viele paddelten dorthin.

Freya erzählte mir in der Zwischenzeit, dass den Brabrand See und den Årslev Engsø mit jeweils acht Kilometern Uferlänge fast der gleiche Umfang verband. Mit der Hand deutete sie über die Weite des Sees.

„Hier siehst du unser Reich. Dort das westliche Ufer mit den speziell für Reiter angelegten Schotterwege. Am nördlichen Ufer befindet sich das Ruderstadion und dort gibt es auch einen Aussichtsturm."

Freya beendete den kleinen Kursus und ich trabte gemütlich mit den beiden Richtung Westen. Immer wieder legte der See einen neuen Blickwinkel frei und nach einer halben Stunde erreichten wir einen speziellen Punkt.

Die Lieblingsstelle von Alma, wie sie sofort voller Begeisterung kundtat. Eine Weidewiese, direkt am See gelegen, berührte das Herz des kleinen Mädchens. Schilfwiesen prägten das Umfeld, eine Herde Rinder lag bequem auf dem satten Grün und ein öffentlicher Weg zerstreute sich dazwischen, der immer wieder an das Ufer führte.

Wie Recht Alma hat. Zwar fiel mir der Vergleich mit den Dünen an der Nordsee schwer, aber diesen Platz empfand ich ebenso hinreißend wie Alma. *Für den Moment fühle ich mich wahnsinnig glücklich.*

Vor allem fand ich unterwegs immer genug zum Fressen und die Aufmerksamkeit von Freya und Alma fühlte sich nur passend an. Beim Heimweg erzählte mir Alma ihren größten Wunsch.

Dafür klappte sie ihre verwundete Seele nach außen. Alma beschrieb ihren Großvater als ihren besten Freund. Und ehrlich gesagt: Deshalb verstand sie manches gar nicht.

„Zum Schluss habe ich mich einsam gefühlt. Kein eigenes Pferd für mich, da er sich auf die Zucht konzentriert hat."

Nach dem Umzug in das jetzige Zuhause wünschte sie sich nichts sehnlicher als ein eigenes Pferd. „Deshalb bist du bei uns", beendete sie ihre Erzählungen und schmiegte sich dabei fest an mich.

Schön und gut, überlegte ich für einen Moment. *Es gehören immer zwei dazu. Bin ich bereit, dieses Pferdeleben einzugehen? Zu warten, bis Alma so weit ist, mit mir zu arbeiten?*

Von Freya wusste ich, dass sie diese Aufgabe nicht übernehmen würde. Sie erfüllte schlicht nur Almas lang gehegten Wunsch.

Innerlich wägte ich die Vor- und Nachteile ab und verschob meine Einschätzung nach hinten. *Es gibt schlechtere Orte. Jetzt bleibe ich für den Moment und beobachte eine Weile, wie es sich hier entwickelt.* So traf ich meine Entscheidung.

Die nächsten Wochen vergingen wie im Fluge. Von Montag bis Freitag erlebte ich die

Tage im Sparflammen-Modus. Am Samstag wie Sonntag genoss ich das volle Programm.

Nach dem rechten der beiden See erforschten wir den links gelegenen Årslev Engsø (den Wiesensee). Wenn Alma der Übermut einholte, lockerte sie das Seil und ich lief mit ihr um die Wette.

Ein Ruck und ich bin weg. Manchmal spielte ich mit dem Gedanken. Aber zu diesem Zeitpunkt bestand keine Veranlassung dazu. Ich ersparte mir, Alma und Freya eine tiefe Traurigkeit.

Und immer aufs Neue staunte ich über die kindliche Naivität und das grenzenlose Vertrauen, das Alma mich spüren ließ. Irgendwann an einem Abend, als Alma schon lang schlief, schlich sich Freya zu mir in die Box.

Zuerst vermutete ich eine Nachtigall oder eine der zahlreichen Teichfledermäuse, da ich nicht mir ihr rechnete. Sie lehnte sich am Holzpfosten an und ich hörte, wie sie daran entlang auf den Boden rutschte.

Für eine Zeitlang herrschte gespenstische Ruhe zwischen uns beiden, bevor Freya ihre Worte an mich richtete. „Weißt du Plys, Alma ist ein anderes Kind geworden, seitdem du in ihr Leben getreten bist. Nach dem Tod ihres Großvaters fiel sie in ein Loch und täglich rauschten ihre Schulnoten in den Keller."

Leise schnaufte ich dabei ein und aus, wackelte mit dem Kopf und meine Ohren stellte ich steil nach oben. „Die letzten Wochen haben Alma verändert. Das hast du geschafft. Sie freut sich abends auf den nächsten Tag, geht gerne in die Schule und selbst die Noten sind besser geworden. Ich weiß gar nicht, wie ich dir danken soll."

Vorsichtig bewegte ich mich im Dunkeln, bis ich seitlich mit meinem Kopf die linke Schulter anstupste. Sie hob ihren Arm und streichelte mich sanft. „Danke", seufzte sie leise. „Danke Plys. Nur wie lange ist es möglich, dich hierzubehalten? Finanziell schaut es nicht so rosig aus und das Erbe meines Vaters ist überhaupt nicht geregelt."

Eine befremdliche Unruhe erwischte mich auf dem falschen Vorderfuß, sodass ich just ein wenig schwankte. Freya bemerkte es und kommentierte es sofort. „Ist ja gut, Plys. Ich sage es dir rechtzeitig, wenn es so weit ist. Es ist wichtig, dass dein Leben einen Sinn ergibt. Nur für Alma alleine bist du auf Dauer unterfordert."

Erneut fühlte ich diese Ohnmacht unter meinen Hufen. Bevor ich eine Reaktion zeigte, stand Freya auf und verschwand im Haus. *Sorgen. Ist das Wort ab sofort mein täglicher Begleiter? Wie lerne ich, damit umzugehen?*

Erneut blendete sich das Bild meiner Mutter vor mein geistiges Auge. Sie nahm mir oft in langen Nächten auf der Koppel alle Ängste, und wenn sie weit nach oben wanderten, erzählte sie mir die Geschichte der Sorgenkönigin. *All meine Bedenken verfliegen dabei im Nichts.*

Im Moment erstaunte es mich, dass ich mir all diese Erzählungen merkte. In den ersten Wochen habe ich alles von meiner Mutter wie ein Schwamm aufgesogen.

Ihr Rat gegen Sorgen. Laufe lange genug in die Nacht hinein. Einfach weglaufen, warf ich ein? Nein, nicht real, gab sie mir zur Antwort.

Am Anfang fiel es mir schwer, mich darauf einzulassen. Bis sie mich so langsam an die Technik heranführte, in meinen Gedanken davonzulaufen. *Alleine die Vorstellung reicht,* zitierte ich sie. *Geh immer weiter und du wirst zur Sorgenkönigin gelangen.*

Stimmt das? Ich hörte die Stimme meiner Mutter, als würde sie mit mir sprechen. „Probiere es aus. Habe keine Angst." Und so lief ich an diesem Abend hinaus aus dem Hof, folgte dem bekannten Weg und verließ ihn ins Ungewisse.

Ich trabte auf einem breiten Pfad, den links und rechts hohe Bambusgräser säumten. Sie wogen sich leicht im Wind und spielten ab und zu an meinem Körper, der sich vorbeischlängelte.

Ohne Angst galoppierte ich mit schnellen Schritten im Schein des Vollmondlichtes entlang. So weit das Auge reichte, folgte ich dem Weg geradeaus. Nach etlichen hundert zurückgelegten Metern bemerkte ich die kommende Gabelung, die mich langsamer werden ließ.

Abrupt stoppte ich meinen Galopp und sortierte mich an den Möglichkeiten, die sich mir öffneten. *Drei Varianten. Welche nehme ich?* Nur langsam rang ich mich zu etwas wie einer Einschätzung durch.

Ich grübelte und überspielte meine eigene Unsicherheit. *Geradeaus, links oder rechts? Niemand hilft mir, oder?* Die Frage in den Nachthimmel blieb unbeantwortet.

Mein Instinkt riet mir, den geraden Weg weiter zu traben. *Genieße die Freiheit, forderte mich augenblicklich mein Gewissen auf.* Die Seele in mir liebäugelte eher mit links oder rechts.

Kurz wagte ich den Blick auf den Weg, der sich von mir aus rechts andeutete. Leider vermochte ich, trotz des hellen Mondes, nur eine kleine Ecke zu erahnen und so setzte ich die Hufe in Bewegung. Schnell endete der Weg in einer Sackgasse. *Rechts scheidet aus.*

So bewegte ich mich vorsichtig die Schritte zurück und es blieb die fünfzig zu fünfzig Chance übrig. *Macht es nicht besser.* Wieder verlangte mein reales Gehirn, den Trab nach vorne fortzusetzen.

Mein Herz schlug heftig für ‚nach links‘ und für ein paar Momente graute es mich vor einer Entscheidung. Bis ich das Gehirn ausschaltete, meinem Herz folgte und den

Weg nach links auf den steinigen Pfad einschlug.

Anspruchsvoll, mein erster Gedanke. Er änderte sich, umso länger ich diesen Weg mit meinen Hufen markierte. Anfangs vorsichtig, steigerte ich das Tempo und mit jedem weiteren Meter gewann ich zusehends Spaß. *Was für ein großes Abenteuer, jubelte ich.*

Wie ein ausgebildetes Pferd, das sich auf einem Working-Equitation-Parkour seine Zeit vertrieb. In Gedanken spürte ich den stärker werdenden Wind. Meine Backen glühten und ich fühlte mich wie in einem der kitschigen Romane, wo die Prinzessin Richtung Horizont ritt.

„Stopp." Aus einer pechschwarzen Steinmauer schallte mir dieser laute Befehl in mein rechtes Ohr und schlagartig hauten meine Hufe so die Bremse hinein, dass mich mein Hinterteil fast überholt hätte.

Leicht außer Atem warf ich einen Blick auf die undurchdringliche Wand. *Nichts als Steine, die mit mir reden? Was für eine komische Frage. Reine Fantasie.* Schon setzte ich mein linkes Bein vor das rechte, als sich das Wort wiederholte. „Stopp."

Woher kommt diese Stimme?

Urplötzlich trat eine alte Frau auf den Weg aus dem Nichts heraus. Mein Herz rutsche augenblicklich tief in meine Magengegend hinunter. Verdutzt schaute ich auf das vernarbte Gesicht der Unbekannten.

„Du hast mich gefunden."

„Wie, ich habe dich gefunden", gab ich verdattert von mir. „Ich habe dich nirgends gesucht."

„Doch. Erinnerst du dich an deinen Startpunkt? An deine Gefühlslage, deine Sorgen und dein Losreiten, um alles zu vergessen?"

„Stimmt." Verblüfft blieb mir nichts anderes übrig, als ihr zuzustimmen. *Woher weiß die alte Hexe das alles?* Mir schnürte es meinen Pferdehals zu.

„Ich bin die Sorgenkönigin", hörte ich wieder ihre Stimme. „Jeder, der den Weg zu mir findet, ist seine Sorgen los. Auf ewig."

Verschmitzt unterbrach sie sich.

„Ja, gut. Es betrifft nur die vergangenen Probleme. Für zukünftige Sorgen bist du wieder selbst zuständig."

Ein leichter bissiger Unterton war nicht zu überhören.

Vieles schwirrte durch meinen Kopf. Nur fand ich keinen innerlichen Anlass, davonzureiten.

„Siehst du", entgegnete sie, als läse sie meine Gedanken. „Du hast mich gefunden und somit den richtigen von drei Wegen gewählt."

Ohne es auszusprechen, bedankte ich mich bei ihr. Sie verbeugte sich mit einem schmalen Lächeln und verschwand im Schwarz der unsichtbaren Steine.

Mit dem nächsten Atemzug fand ich mich wieder in meiner Box des Einödhofes. Zufrieden lag mein Blick auf dem Bauernhaus und das Lächeln der alten Frau übertrug sich auf meinen Mund.

Nur warum ich an die alte Frau dachte, erklärte sich nicht mehr. *Eine Laune der Natur.* Für heute erfreute ich mich, dass ich nichts zum Grübeln fand. Mit einem müden Augenlid entdeckte ich aus einer schmalen Öffnung heraus einen Einkaufskorb. *Gestern Abend habe ich ihn gar nicht bemerkt.*

Verblüfft zuckte mein rechtes Auge. *Oh, Geschenke für mich? Sonst trägt das Teil immer Freya, wenn sie ihre Einkäufe erledigt.*

Große Neugierde stieg in mir hoch. Vorsichtig schnupperte ich mit meinen Maul daran. Oben auf dem Korb lag ein graues Tuch, welches den Inhalt verdeckte.

Was verstecken die vor mir? Mit meinen Zähnen versuchte ich, die Verdeckung wegzuziehen. Nur verschwand er einen Bruchteil vorher von der Stelle, an der er stand. Mein Biss geriet ins Leere.

Hallo, hiergeblieben, rief mein Geist Richtung des Korbes. Ich schritt den Abstand nach und mein Mund fixierte das Tuch erneut an. Kurz bevor ich dieses schnappte, wanderte der Korb von der Stelle weg.

Jetzt bemerkte ich am anderen Ende eine Schnur und es keimte ein Verdacht in mir auf. Ich schüttelte mich und mein Kopf flog von rechts nach links.

Was treibt ihr für ein Spiel mit mir? Schnell setzte ich einen Fuß vor den anderen und dieses Mal hüpfte der Korb einen großen Satz weit weg von mir. *Hallo, ihr spinnt.*

Schallendes Gelächter begleitete die ganze Aktion. Jetzt bemerkte ich Freya und Alma, die sich hinter der Holzabdeckung versteckt hielten. „Überraschung Plys. Du hast heute deinen Ehrentag. Du bist auf den Tag genau zwölf Wochen bei uns. Komm her, Zeit zum Feiern", neckte mich Alma.

Ich kenne ein Jahr, aber zwölf Wochen? Nein. Sagt mir nichts.

„Wir wollen dir eine Freude bereiten. Die letzten zwölf Wochen sind die schönsten in meinem Leben gewesen", plapperte Alma vor sich hin.

Wiehernd nahm ich ihren Gefühlsausbruch zur Kenntnis. „Komm her", schob Freya hinterher. Sie zog das Tuch auf dem Korb weg und in ihm lagen jede Menge Leckerli, eine neue Bürste für mein Fell und eine Dose mit nicht ersichtlichem Inhalt.

„Eine kleine Aufmerksamkeit für dich, Plys", erklärte Alma. „Die Leckerli bekommst du gleich. Die Bürste ist für dein tolles Fell und das hier ist für dein größtes Leiden. Kokosfett."

Davon hatte ich bisher nichts in meinem jungen Pferdeleben gehört. Kokosfett. Ein mir völlig seltsames Wort.

„Kokosfett", wiederholte Freya.

Ich tappte im Dunkeln. „Ein Wundermittel? Nein. Aber es hilft vielleicht ein wenig gegen Zecken und deine zahlreichen Mücken. Andere schwören, es wirkt sogar gegen Kriebelmücken, Gnitzen oder Bremsen."

„Und du riechst danach auch noch gut", lachte Alma.

Als ob ich sonst stinke. Leicht verärgert drehte ich mich um meine Hinterachse nach rechts. „Na, na, Plys. Kein Grund beleidigt zu sein", schimpfte mich Freya aus, klopfte mir auf den Rücken und freiwillig kehrte ich in meine Ausgangsposition zurück.

Schon hielt Freya mir den Korb an mein Maul und ich knabberte vorsichtig von den Leckerli. Dabei spürte ich auf meinem Fell die kindlichen Hände von Alma.

Wohlige Kühle flutete meine Haut. Nach einer Viertelstunde beendete sie die Einreibung und klatschte fröhlich in ihre klebrigen Hände. „Fertig, Plys. Wir übertreiben es nicht. Abmarsch zu unserer Tour? Oder? Bereit?"

Bereit. Vorsichtig schnupperte ich an ihren Händen, roch jedoch keinen aufdringlichen Duft und schnappte mir blitzschnell das letzte Leckerli aus dem Korb.

„So, leer", bekräftige es Freya, band mich los und wir steuerten zu dritt auf den Weg zum See zu. Unterwegs erklärte mir Alma: „Heute gehen wir eine andere Strecke zusammen. Zu einem kleinen Hügel etwas abseits vom See."

„Dort zeige ich dir unsere Umgebung von oben." Ich merkte, wie sie sich darauf freute. Mein Innerstes ließ zu, dass die bedingungslose Freude von Alma mich ansteckte.

Unterwegs stupste ich sie öfters von der Seite an oder schnappte mit meinen Zähnen nach ihrem Pullover. Jedes Mal quittierte sie dies mit einem erfrischenden Lachen.

Sie besitzt so eine echte Freude in sich. Wehmütig kehrte für einen Moment der Gedanke ein, dass sich dies bald änderte. *Eines Tages bist du traurig, wenn ich weg bin.*

Aber für heute gelang es mir, diesen Moment wieder auszublenden. Locker lief ich an ihrer Seite weiter, bis wir am letzten Stück der Hügel ankamen. Eine leichte Steigung lag vor uns. *Nie bin ich als Jungpferd nach oben gelaufen. Premiere.* Ein wenig Skepsis zeigte sich im Verharren auf der Stelle.

Gut, die Entfernung und Höhe wirken nicht übertrieben. 17 Meter über Grund. Meine Rechenleistung von damals verglich ich eher mit denen von Jungs in den ersten Schuljahren.

„Laufen wir um die Wette", hörte ich Almas freudige Stimme.

Was meint sie damit? Ihre Mutter klang weniger begeistert über die ausgebrütete Idee. „Ist das nicht zu gefährlich?"

„Ach komm Mama. Sei ehrlich. Plys hat schon oft die Möglichkeit gehabt zu entwischen." Für ein zehnjähriges Mädchen aufmerksam beobachtet. Respekt stieg in mir hoch.

„Das stimmt", gab ihr Freya Recht. „Also habt euren Spaß."

Alma ließ meine Leine los und lief wie von einer Hornisse gestochen von mir weg. Ich blieb wie angewurzelt stehen. „Auf was wartest du?", wunderte sich Freya. „Lässt du sie kampflos gewinnen?" Sie gab mir einen Klaps auf mein Hinterteil, und obwohl ich es nicht kapierte, fing ich an zu laufen.

Erst schlug ich ein vorsichtiges Tempo an. Umso näher ich an Alma heranrückte, desto mehr packte mich der Ehrgeiz und schnell holte ich Meter für Meter auf.

Endlich erreichte ich die gleiche Höhe wie Alma.

„Hallo Plys", schnaufte sie schon bedenklich. „Wo bleibst du nur, du Schlafmütze." Lachend nutzte sie mein verringertes Tempo aus, legte einen Zwischenspurt ein und schon bewegte sie sich auf den letzten Metern des Anstieges.

Kurz senkte ich meinen Kopf, holte einmal tief Luft und wie ein fliegender Drache sauste ich an Alma vorbei. Als Erster erreichte ich den obersten Punkt des Hügels.

Freudig wieherte ich laut meinen Erfolg hinaus. Es dauerte nicht lange und Alma beendete klatschend die letzten Meter. Voller Übermut fiel sie mir um den Hals. „Toll, Plys. Das hast du prima gemacht."

Sie freute sich ehrlich und ohne Reue über meinen Sieg beim Wettrennen. *Du bist ein außergewöhnliches Mädchen.* Erneut flammte ein kurzes, maues Gefühl zwischen den Jubelarien auf. *Verschwinde,* mahnte ich mich selbst und genoss die Umarmung von Alma.

Bevor wir den Rückweg einschlugen, hob ich meinen Kopf und blickte auf den Teil Dänemarks, der sich mir darbot. Durch den sonnigen Tag und die klare Luft reichte meine Sicht weit über die beiden Seen hinaus.

Rechts erkannte ich sogar die Ausläufer von Aarhus Richtung Meer. Obwohl nicht weit oben, wie auf einem richtigen Berg, wehte ein beachtlicher lebhafter Wind durch meine Mähne. *Ein Tag, der etwas Einmaliges ist. So werde ich ihn in Erinnerung behalten.*

Meine Augen beobachteten den Glanz des Wassers, während erneut der Wehmut in mir hochstieg. *Verflucht. Ich lasse mir diesen bombigen Tag nicht vermiesen.*

So zupfte ich an Almas Pullover und gab ihr das Zeichen zum Rückzug. *Komm,* lockte ich sie damit und sie verstand mich sofort. Sie nahm das Seil und so schritten wir den gleichen Weg zu unserem Bauernhof zurück.

Beschwingt bewegte ich mich zwischen Freya und Alma. Oft bemerkten wir ein Lächeln im Gesicht der vielen Spaziergänger.

Als wir Zuhause ankamen, bürstete mich Alma trocken und dabei sang sie mir ununterbrochen dänische Kinderlieder vor. *Kenne ich alle nicht,* stellte ich ernüchternd fest.

Bei Märchen und Geschichten schaut das anders aus. So hörte ich Alma zu und bestaunte wieder einmal ihre Geschicklichkeit. „Ich werde dich vermissen. Meine Mama glaubt nicht daran, dass ich dich noch lange hier behalten kann."

Verfügt sie über die Macht Gedanken zu lesen? „Ich bin nicht egoistisch", redete Alma wie ein erwachsenes Mädchen. „Du bist ein Pferd. Und Pferde sind Herdentiere. Dies hat mir mein Großvater oft genug erzählt."

Was für ein schlaues Mädchen. Instabil balancierte ich mein Ungleichgewicht aus. „Du gehörst in einen Stall, wo du nicht alleine stehst. Versprich mir eines: Vergiss mich nicht."

Tränen flossen aus ihren blauen Augen und mich holte die Vergangenheit ein. Der Gedanke an den Abschied von meiner Mutter verkrampfte mir mein Herz. *Ich vergesse dich nicht.* Nur dass Alma mich nicht verstand.

Mit traurigen Augen stand sie vor mir und ich merkte, dass ich genauso fühlte.

Wenig Zeit verstrich, bis sich das Leben durch die Anwesenheit von Ebiénne veränderte. Beim nächsten Wochenendausflug geschah es. Auf halber Strecke zum See entdeckte ich sie schon in der Ferne, und als wir uns ihr näherten, spürte ich sofort, was mir fehlte.

Weder Freya oder Alma ersetzten mir die vielen kleinen Abenteuer auf der Koppel, die ich mit meiner Mutter erlebte. *Das fehlt mir.* Der Wunsch stieg in mir hoch, dies zu ändern. So zeigte ich mich von der besten Seite.

So trafen wir aufeinander. Smukke und Ebiénne. Auf Ebiénne ritt eine etwa fünfundzwanzigjährige Frau, hielt auf unserer Höhe an und begrüßte uns drei. Sie stieg von ihrem Pferd, stellte sich als Kaya vor, lockerte die Leine und ich schnupperte an Ebiénne.

Wir verstanden uns auf Anhieb und rieben unsere Köpfe aneinander. Wie ich in dem kleinen, ersten Gespräch erfuhr, stand Ebiénne in einem Stall auf der anderen Seite des Sees.

„Ebiénne ist mein ganzer Stolz", erklärte Kaya mit leicht geröteten Wangen. „Es steht in einem Stall mit sechs weiteren Pferden."

„Toll", meinte Freya. „Wir haben dich hier noch nie gesehen."

„Ich bin erst neu hierher gezogen. Eine andere Arbeit, ein neuer Ort. So ist das manchmal im Leben. Zuvor habe ich auf der Insel Fanø gewohnt."

„Vielleicht sehen wir uns öfters. Unsere Pferde scheinen sich zu mögen", äußerte Freya beim Blick auf uns beide.

„Sehr gerne. Jetzt kenne ich wenigsten jemanden aus dieser Gegend. Und nett seid ihr auch noch." Ein Hauch von Verbitterung schwang in ihrer Stimme mit.

„Schlechte Erfahrungen gemacht?", hakte Freya interessiert nach.

„Ja, die anderen Pferdebesitzer im Stall sind alles arrogante Stadtmenschen. Für die steht Geld über dem Wohl des Pferdes. Und damit komme ich gar nicht klar."

„Oh ja", warf Freya wehmütig ein. „Auf der Ranch meines verstorbenen Vaters hat es ebenfalls ein paar Kaliber davon gegeben. Alma freut sich sicher, wenn wir uns wieder über den Weg laufen."

„Gerne." Sie hob sich in den Sattel von Ebiénne und ritt zurück auf die andere Seite des Sees. Wir schlugen derweil unseren eigenen Weg zum Hof ein. *Mach es gut, Ebiénne*, schickte ich ein paar Gedanken hinterher.

Am Abend drehte ich meinen Körper nervös hin und her. Es beschäftigte mich mehr, als ich mir eingestand. *Sehe ich Ebiénne wieder? Ich glaube, sie hat sich gefreut, mich zu sehen. Fast genauso alt wie ich. Zufälle gibt es.*

Mein Blick fiel über den Hof zum Schlaf-
zimmerfenster von Alma, ruhte lange darauf,
bevor sie sich endgültig zum Schlaf schlossen.

Kapitel 7

Seit dem Erlebnis mit Ebiénne erfüllte mich kein Tag mit Zufriedenheit. Fast stündlich stieg meine Ungeduld. *Wie beherrsche ich mich, dass ich dies nicht an Alma auslasse?* *Sie ist so unschuldig. Unnötig ihr was anzutun.*

So zwang ich mich dazu, nicht die Fassung zu verlieren. Und hoffte am Wochenende auf ein Wiedersehen mit Ebiénne.

Zwei Tage später, Sonntagnachmittag, holte mich Alma alleine aus der Box. „Meine Mama ist nicht gesund. Sie hat sich hingelegt", flüsterte sie mir ins Ohr, kraulte mich dabei und schob zweifelnd hinterher: „Schaffen wir das alleine? Wir beide, Plys?"

Um ihr die Angst zu nehmen, wedelte ich meinen Kopf wild im Kreis. *Nicht, dass ihr denkt, wir Pferde sind unsensibel.* Die Sonne blendete auf den ersten Metern und Alma zupfte mit der rechten Hand nervös an ihrem Pullover.

Sie zog gerne diese Art der Kleidung an und gefühlte zwanzig verschiedene Exemplare beinhaltete gewiss ihr Schrank. Mit der linken Hand führte sie mich straffer als sonst den gewohnten Weg entlang. Da ich mich als absolut verlässliches und artiges Pferd präsentierte, übertrug sich meine Ruhe auf sie und ihre Anspannung ließ spürbar nach.

„Schau mal Plys." Ich richtete meinen Blick nach vorne und entdeckte Ebiénne.

„Deine neue Freundin", kicherte Alma vergnügt.

Jetzt hat sie vergessen, dass wir beide alleine unterwegs sind. Mit den nächsten Schritten erhöhten wir das Tempo und am Ende spurteten wir Ebiénne fast entgegen.

„Hallo ihr zwei", schrie uns Kaja schon von Weitem zu und schüttelte ihre langen blonden Haare nach hinten. Sie lachte voller Freude und selbst Ebiénne strahlte nach außen.

Ich freute mich wahnsinnig auf Ebiénne. Deshalb stieg Kaya ab, damit uns das nähere Beschnuppern leichter gelang.

Als Alma mein Seil losließ, liefen wir einige Meter nach links weg. Schon nach wenigen Augenblicken fühlte ich eine direkte Gemeinschaft zwischen uns beiden.

„Sie ist jetzt so glücklich", vernahm ich die Stimme von Alma.

„Ist sie dies nicht auch bei dir?" Leicht irritiert hinterfragte Kaya die Aussage von Alma.

„Natürlich. Aber auf Dauer können wir sie nicht behalten. Wir haben nur Plys und so fühlt sie sich irgendwann einsam."

Nachdenklich betrachtete Kaya Alma. „Denkst du an einen Verkauf?"

„Ja. Es ist das Beste." Tapfer unterdrückte Alma ihre Tränen.

„Komm her." Kaya öffnete ihre Arme und die Kleine flog förmlich hinein. „Sei nicht traurig. Vielleicht kann ich euch helfen. Wenn deine Mutter das nächste Mal dabei ist, kommt ihr mit auf meinen Hof."

„Das ist aber ein langer Weg." Voller Skepsis nagte Alma an ihrer Unterlippe.

„Ihr könnt ja bei mir übernachten. Frag einfach deine Mutter."

„Oh ja", jubelte Alma. „Hast du gehört, Plys? Wir besuchen Ebiénne. Danke dir. Bis nächste Woche." Voller Enthusiasmus nahm Alma mein Seil, wir verabschiedeten uns und genussvoll liefen wir nach Hause.

Verträumt stand ich in meiner Box und erinnerte mich an das Märchen, welches mir Alma in der Zeit erzählte. „Mein Lieblingsmärchen mit Pferden. Das einzige", und lachte dabei diebisch.

Sie setzte sich damals auf einen Heuballen in meiner Nähe, lehnte sich zurück und gespannt lauschte ich ihren Worten. „Plys, die Geschichte ist schon vor langer Zeit passiert. Mein Großvater hat sie mir an einem der letzten Abende erzählt."

Die Spur des Südens, so nannte ihr Großvater diese Erzählung. *Damals habe ich sie als so mystisch beim Zuhören empfunden.* Leise hörte ich den Klang der Nachtigall und gleichzeitig die kindliche Stimme von Alma.

„Vor vielen Jahren, ganz oben im Norden Dänemarks, stand die alte Hütte von Gunnar Hansen. An der Spitze des Landes, wo die Nordsee die Ostsee küsst. Weit und breit gelebte Einsamkeit prägte das Leben von Gunnar. Als Fischer verdiente er gerade so viel, dass er zumindest ein kärgliches Legen führen konnte."

Kurz gähnte Alma, doch schnell verdrängte sie ihre Müdigkeit.

„Frühmorgens vor Sonnenaufgang ruderte er hinaus auf die Meerenge zwischen Dänemark und Norwegen, um seine Fangnetze zu kontrollieren. Zufrieden entleerte er heute seine Beute in den Bottich an Bord. Plattfische, jede Menge an Dorschen und eine Makrele rutschten glitschig hinein."

Für kurze Zeit stockte der Atem von Alma, bevor sie weitersprach.

„Einen Moment unterbrach er irritiert seine Aktivitäten. Die rechte Hand wühlte zwischen den Fischen hin und her, bis er einen goldenen Ring herauszog. Zwar beleuchtete das diffuse Licht des Boot diesen nicht besonders aus, es reichte ihm jedoch, damit er Details entzifferte."

Ich finde diesen Teil der Geschichte ausgesprochen romantisch.

„Sein Blick fiel in die leicht verschmutzte Innenseite. Vorsichtig rieb er den Dreck weg und las den Namen Henrik. Mit klopfendem Herzen inspizierte er die geschwungenen Linien am Anfang und am Ende, bevor ihm der Ring fast aus seiner Hand fiel. *Der Ring meines Großvaters*, hauchte Gunnar atemlos in die frische Morgenluft."

Das interessiert mich ebenso. Bis heute versuche ich, eine Logik dafür zu finden. Es gibt keine. So gab ich es irgendwann auf. Andächtig lauschte ich Alma weiter.

„Wie kommt der in meinen Fang? Sein Magen verkrampfte sich, denn die einzige Erinnerung an seinen Großvaters gab es in Form eines Fotos. Du bist so bald aus dieser Gegend verschwunden. Zu diesem Zeitpunkt lebte Gunnar als sechsjähriger Junge mit seinen Eltern in der Nähe von Skagen."

Schwups rieb sich Alma verstohlen ihre Augen.

„In den Erzählungen über seinen Großvater spielte oft der Ring eine Rolle, der seinen rechten Ringfinger zierte. Verwundert blickte Gunnar auf ihn, steckte den Fund in seine rechte Jackentasche und widmete sich gewissenhaft seinem Fang."

Alma hielt erneut inne, meine Ohren lauschten für den Moment wieder der Nachtigall, bevor ich weiter in die Geschichte eintauchte.

„Spät am Mittag, nach dem Markt in Skagen, legte Gunnar den Ring Zuhause auf seine Kommode und am Abend verlor er in seinem Bewusstsein jegliche Bedeutung. Bald legte er sich schlafen, denn jeder neue Tag begann frühzeitig auf dem Meer."

Jetzt kämpfe ich mit der Müdigkeit. *Hoffentlich halte ich bis zum Ende der Geschichte durch.*

„Gegen vier Uhr, der Mond leuchtete sanft über den Wellen des Wassers, richtete sich Gunnar für den Fischfang und warf nebenbei einen Blick aus dem Fenster seiner alten Hütte. *Da draußen steht irgendwas,* bemerkte er verwundert, öffnete für eine bessere Sicht das Fenster und erstarrte völlig."

Bin ich müde. Almas Stimme klang so weit weg.

„Sein Blick fiel auf das tollste Pferd, das er je gesehen hatte. Reine Einbildung. Für ein paar Sekunden schloss er seine Augen, öffnete sie wieder und der weiße Schimmel erstrahlte in der gleichen Schönheit wie vorher."

Bei dem Wort Schönheit überwand ich meinen Drang zu schlafen und hellwach verfolgte ich die Geschichte weiter.

„Was für ein Pferd. Aber wo kommt das jetzt her? Ich kenne keinen Schimmel weit und breit hier in der Gegend. Seine Gedanken wälzten und wälzten sich, aber es gestaltete sich als ein Rätsel für ihn. Dafür packte Gunnar die Neugierde. Er trat schnell nach draußen und tatsächlich stand das Pferd leibhaftig vor ihm."

Wie schaffte ich es, so irgendwann einmal zu sein? Irgendwann mal.

„Tief berührt bewegte er sich ein paar Schritte auf den Schimmel zu, der starr auf der Stelle verharrte." Was für eine Schönheit. „Bist du echt?", rätselte Gunnar. „Der Schimmel hob seinen Kopf und durchdrang ihn mit auffordernden Augen."

„Was willst du von mir?" Obwohl Pferde nicht sprachen, vernahm er eine Stimme. „Komm mit. Es gibt einen anderen Weg für dich."

„Wie komm mit? Einfach so. Und es ist völlig normal, dass ich mit einem Pferd spreche." Gunnar gruselte ein wenig bei dem Gedanken. *Auf der anderen Seite, was hält mich hier in der Gegend?*

„Setz dich auf meinen Rücken und ich bringe dich zu einem wichtigen Ort in deinem Leben", vernahm er erneut die Stimme, die er weder einem Mann noch einer Frau zuordnete. Einem Pferd?

„Bereit für ein außergewöhnliches Abenteuer?", vernahm er als nächstes.

„Abenteuer finde ich absolut prickelnd. Damit traf der Schimmel Gunnars Sehnsucht. Bevor er es sich anders überlegte, rannte er in die Hütte, holte aus einem unerklärlichen Gefühl heraus den Ring seines Großvaters und kehrte zum Pferd zurück."

„Geschwind stieg er auf. Sofort nahm das Pferd ein berauschendes Tempo auf. Gunnar benötigte dafür jede Menge seiner Aufmerksamkeit. Tapfer hielt er sich auf dem Pferderücken."

Wie im kitschigen Märchen, lachte ich und der Schimmel galoppierte gen Sonnenaufgang.

Ich stellte mir das in meiner Box genial vor. Diese Freiheit. Jeden Tag grenzenlose Freiheit. Ein wenig Neid beflügelte mich bei der weiteren Erzählung von Alma. Wobei ich mehr über ihre Merkfähigkeit staunte. *Was so ein kleines Gehirn aufnimmt.*

„Gunnar und der weiße Schimmel ritten Tag und Nacht. Das Pferd schien nie müde zu sein. Während der Zeit ernährten sie sich von dem, was die Natur hergab. Nicht genug, aber für Gunnar stellte es kein Problem dar. *Ich bin es gewohnt, mit wenig auszukommen.*"

„Am Anfang ihrer Reise durchquerten sie die Weite Dänemarks. Zusammen stiegen sie auf die höchsten Gipfel, bevor sie talwärts hinab ans Meer ritten."

„Nach drei Wochen erreichten sie das Capo Vaticano. Das Capo Vaticano war ein auf einem Felsvorsprung gelegenes Kap in Kalabrien in der Gemeinde Ricadi. Vom Kap aus bot sich ihnen ein weiter Blick bis zur Straße von Messina und alle Äolischen Inseln. Den dortigen Leuchtturm am Kap sichteten sie schon von Weitem."

„Fast dreitausend Kilometer lagen hinter ihnen. Gunnar ließ sich erschöpft vom

Schimmel herunter gleiten. Dieser trabte neben ihm her, als er den alten Mann an den Stufen des Leuchtturms entdeckte."

„Großvater?", rätselte Gunnar beim Anblick. Er sah eine gewisse Ähnlichkeit mit der Person auf dem Foto.

„Großvater", schrie er über das Kap und der alte Mann erhob sich. Langsam näherten sich die beiden an. Kurz fiel Gunnars Blick einmal um sich herum, aber von dem Schimmel sah er weit und breit nichts mehr. Wow.

Bevor er dieses Rätsel verstand, überbrückte er die Distanz zu dem alten Mann und wieder rief er fragend „Großvater?"

Nachdem er ein deutliches Nicken vernahm, verstand Gunnar gar nichts mehr in seinem Leben. Trotzdem fiel er ihm voller Dankbarkeit in die Arme.

Nachdem Alma ihre Geschichte beendet hatte, herrschte für einen Moment Stille. Bis die Nachtigall erklang und ich weiterhin gedanklich über die Prärie schwebte.

Freiheit. Das Ende hier auf dem Hof kündigte sich an.

Unendliche Schwermut erfasste mich. *Du wirst für immer in meinem Herz bleiben, Alma.* Mit diesem sanften Gedanken kehrte ich in die Realität zurück und nächstes Wochenende entschied sich Freya für einen Besuch bei Kaya.

Wir trafen uns auf halber Strecke und folgten ihr über das andere Seeufer hinaus, bis wir an ihrem Stall ankamen. Etwa einen Kilometer vom See entfernt stand die Bleibe von Ebiénne.

„Ich wohne zweihundert Meter weiter da hinten", deutete Freya mit den Händen Richtung ihres Zuhauses. „Das ist ideal für Ebiénne und mich."

„Das ist richtig. Ein Traum so was", pflichtete ihr Freya bei, während Alma sich um mich und Ebiénne kümmerte.

„Sie kennt sich unwahrscheinlich gut mit Pferden aus", lobte Kaya sie in Anwesenheit ihrer Mutter.

„Ja", bestätigte Freya.

So ließen wir uns in eine große Box führen, die Kaya ihr eigenes Reich für Ebiénne bezeichnete. „Ich habe nachgefragt. Für die eine Nacht kostet Plys nichts extra."

„Das ist aber lieb von denen", freute sich Alma, bürste mich ab, versorgte uns mit frischem Heu wie auch Wasser und gab am Ende laut „Fertig" von sich.

„Super. Jetzt entführe ich euch in mein kleines Reich." Sie schlossen sich Kaya an und kaum drei Minuten später bestaunten sie ein schmuckes Häuschen.

„Toll", staunte Alma über das liebevoll restaurierte Gebäude.

„Innen befindet sich ein kleines Gästezimmer für euch zwei", fügte Kaya an.

„Mensch, das ist ja mehr als praktisch", freute sich Freya.

Voller Erwartung lud Kaya sie ins Haus ein, um es in Augenschein zu nehmen. Vom ersten Moment an fühlten Alma und Freya sich dort Zuhause und am Abend zauberte Kaya Pfannkuchen für alle auf den Tisch.

Später, als Alma endlich im Bett lag, lenkte Freya das Gespräch auf meine Wenigkeit, die derweil im Stall schlief.

„Weißt du, es fällt mir schwer, Plys Unterhalt aufzubringen. Das Erbe meines Vaters ist völlig offen. Es gibt die Option dort alles zu übernehmen. Oder es kommt komplett unter den Hammer. Eine verworrene und schwierige Situation.

„Das kann ich verstehen", signalisierte Freya ihre Anteilnahme.

„Gibt es die Möglichkeit, dass du Plys zu dir nimmst? Deine Box ist groß genug für zwei Pferde. Mit dem Preis werden wir uns einig."

„Du überraschst mich. Habe nicht vermutet, dass es dir so ernst ist."

„Es ist sehr ernst. Bei dir sagt mir mein Bauch, das es passt."

„Das ehrt mich. Ich kann mich natürlich nicht um zwei Pferde gleichzeitig kümmern", gab Kaya zu bedenken. „Selbstverständlich verstehe ich deine jetzige Situation sehr gut."

Freya rutschte aufgeregt auf ihrem Stuhl hin und her.

„Auf Dauer ist das Alleinsein für Plys gar nichts. Sie und Ebienne verstehen sich auch prima. Lass mich eine Nacht darüber schlafen. Ich möchte es erst morgen entscheiden. Geht dies in Ordnung für dich?"

„Ja, natürlich. So machen wir es", gab ihr Freya als Antwort zurück. Ein aufwühlender Tag neigte sich dem Ende zu und beide Frauen verließen die Küche in Richtung ihrer Schlafzimmer.

Freya krabbelte ins Bett zu Alma. Lange betrachtete sie nachdenklich ihre Gesichtszüge.

Ich, Smukke, aber erlebte eine geniale Nacht an der Seite von Ebiénne. Lange standen wir einträchtig nebeneinander und wir spürten das gegenseitige Vertrauen. Am Ende trieb uns die Müdigkeit in das Reich der Träume.

Gemächliche Ruhe lag am frühen Sonntag über dem See. Ein paar vereinzelte Kajakfahrer nutzen die Weite des Wassers, als sich Alma aus den Federn wälzte. Da sie nirgends ihre Mutter entdeckte, folgte sie dem Kaffeeduft hinunter in die Küche.

„Guten Morgen", murmelte sie verschlafen.

„Guten Morgen", erreichte sie das vergnügte Echo von Freya und Kaya.

„Setzt dich", klang es entfernt an ihre Ohren. Auf dem Weg bekam ihre Mutter einen

Gute-Morgen-Kuss und sie nahm auf dem leeren Stuhl neben ihr Platz. Auf der gegenüberliegenden Seite des Tisches grinste sie Kaya vergnügt an.

„Ihr seid so munter", stellte sie ernüchternd fest. „Im Gegensatz zu mir."

„Da staunst du", lachte ihre Mutter fröhlich. „Es gibt Neuigkeiten."

Nervös bewegte Alma den Oberkörper vor und zurück. Jetzt vernahm sie die Stimme von Kaya. „Ich werde Plys zu mir in den Stall nehmen. Zu Ebiénne."

„Ehrlich?", fragte Alma mit großen Augen nach.

„Ja ehrlich. Und du kannst sie jederzeit besuchen kommen", fügte Kaya an.

„Aber zum Laufen ist es ganz schön weit", tat Alma ihre Bedenken kund.

Ihre Mutter zerstreute jedoch schnell ihre zögerlichen Gedanken.

„Ich fahre dich selbstverständlich zum Stall und zurück."

„Wenn du magst, kannst du ab und zu bei mir übernachten", bot ihr Kaya zusätzlich an.

„Das ist ja klasse", strahlte Alma über das ganze Gesicht und klatschte in ihre Hände. „Jetzt ist Plys nicht mehr alleine."

„Ja", ergänzte ihre Mutter. „Für alle ist dies die beste Lösung." Sie schaute zu Kaya hinüber und schob ein „Danke" hinterher.

„Wir lassen Plys gleich in der Box stehen, wenn sie schon da ist", wandte sich Kaya an Alma. Von ihren Gefühlen überwältigt, stand Alma auf, lief um den Tisch herum zu Kaya und umarmte sie fest.

„Danke."

„Sehr, sehr gerne. Und jetzt frühstücken wir. Magst du nun dein Müsli und danach brechen wir zum Stall auf?"

„Ja", schrie Alma durch die Küche.

So geschah es danach.

Die freudige Überraschung um meinen Verbleib bei Ebiénne ereilte mich nach dem Frühstück. *Super*, jubelte ich. *Das wird bombastisch. Das weiß ich.*

Was folgte, behielt ich als eine einmalige Zeit in Erinnerung.

Zwar vermutete man nach außen, wir führten ein langweiliges Pferdeleben. Nur alleine in der Box oder zu zweit, sind zwei verschiedene Paar Stiefel oder besser gesagt Hufe.

Fast jedes Wochenende besuchte mich Alma. Kaya kümmerte sich im Rahmen ihrer Möglichkeiten rührend um mich. Oft bilanzierte ich zwischendurch, was sich seit dem Umzug für mich verändert hatte.

Gewiss existiert keine Undankbarkeit. Alles ist nicht übel gewesen. Nur den Sinn des Lebens, den habe ich hier wieder verspürt. Mit Ebiénne an meiner Seite habe ich eine treue Seele zusätzlich gewonnen.

Wenn Schmunzeln möglich ist, es wäre jetzt passiert. *Wir Pferde sind durchaus wählerisch. Nicht für jedes Pferd empfinden wir das Gleiche. So wie es bei euch Menschen ebenso ist.*

Zwar bemerkte Kaya im Laufe der Zeit, dass wir uns zu Diven entwickelten, doch dies überging ich. *Was meint sie überhaupt damit? Dass wir zwei uns abseits der anderen Pferde auf der Koppel die Zeit vertreiben? Ihr Menschen kapselt euch ebenso ab, wenn ihr euresgleichen sucht. Wir ticken genauso.*

Wir fanden partout keinen Bezug zu den anderen Pferden auf der Koppel. *Ich verstehe nur Ebiénne und sie mich. So, was ist daran divenhaft? Besser als Zicke, Trikky oder sonst was. Smukke, so wie es in meinen Papieren steht, nennt mich ja keiner mehr.*

So vergingen die Wochen, Monate und mein Lebensalter schnellte über das dritte Jahr hinaus. An der Seite von Kaya lernte ich einiges im Umgang von Menschen mit Pferden.

„Ein Pferd ist mir wichtig", betonte sie oft und so behandelte sie uns. Ich spürte ihre Sicherheit im täglichen Umgang mit uns.

Wenn Freyas Arbeit und die Aufmerksamkeit von Ebiénne Raum ließen, versuchte sie, mir zu helfen. Zum ersten Mal erlebte ich die Bodenarbeit, die ich nur vom Zusehen bei meiner Mutter kannte.

Beim Ausritt mit Ebiénne führte Kaya mich immer an der langen Leine mit. Als

Tollstes gestaltete sich jedes Mal der schnelle Ritt über das Land. Sie ritt wie der Teufel auf Ebiénne und trotzdem händelte sie das Seil so, dass ich das Tempo mithielt.

Ein wahrer Genuss. Das immer sich selbst Anspornen, jubelte ich innerlich. Der eine oder andere Ritt erinnerte mich an die Freiheit von Gunnar. Oft beneidete ich die Wildpferde der früheren Jahrhunderte.

Wir bleiben immer wild. In uns drinnen, folgerte ich daraus. Berichte zeigten, wenn ein ausgebildetes Pferd in die Herde zurückkam, fühlte es schnell diese Freiheit. Sein ursprünglicher Besitzer erfuhr schon nach vier Wochen, dass selbst das leichte Führen grenzenlosen Stress verursachte.

Ein cooler Gedanke, schwirrte es mir durch den Kopf. *Wir passen uns an. Die Herde ist uns wichtiger als ein Mensch. Nicht, dass jetzt der Eindruck entsteht, wir Pferde sind wahre Philosophen. Nein. Aber wenn wir es zulassen, spüren wir schon, was für uns passt oder nicht.*

Tag für Tag pure Freude am Leben, so entwickelte ich mich in der nächsten Zeit mit dem Wunsch zum Reitpferd. Ab und zu sprach Kaya von einem Typen, der ein Talent zum Einreiten von Pferden besaß. Wobei der Gedanke mich ein bisschen nervös werden ließ. *In Ordnung. Wieder was Neues*, betrachtete ich es mit einem mulmigen Gefühl.

Da sie keinen Zeitrahmen nannte, verschwand es bald aus meiner Erwartungshaltung. *So genieße ich das Leben,* freute ich mich am Morgen. Der Abend stürzte mich in tiefen Kummer.

Das entsteht nicht so schnell, vermuteten alle, die mich kannten. Doch es passierte drastisch. Ich kannte mich schon über zwei Jahre, aber das Ereignis toppte alles bisher erlebte Negative.

An diesem Abend, die Nächten erzeugten den ersten Frost, huschte Freya zu mir und Ebiénne in die Box. „Na ihr zwei." Schon ihr Tonfall erschreckte mich. Nie zuvor hatte ich Freyas Stimme so vernommen.

Sie drückte sich zuerst an mich und sprach danach diese verzweifelten Sätze: „Plys, Alma ist krank. Sehr krank. Sie hat Leukämie. Ich weiß nicht, wann es wieder möglich ist, dass sie dich besucht. Sie liegt jetzt in einem Krankenhaus und ich hoffe, dass viele Engel auf sie aufpassen."

Oft wird uns Pferden ja nachgesagt, wir verstehen die Menschen nicht. Ich habe Freya verstanden. Ihr Leid gespürt. Die Traurigkeit, die Machtlosigkeit in ihrer Stimme. Mein Kopf senkte sich in ihre Arme und lange standen wir so andächtig in der Box zusammen.

Irgendwann löste sich Freya von mir. „Denkst du an sie, damit sie wieder gesund wird?"

So verschwand von einem Tag auf den anderen mein Sonnenschein aus meinem Leben. *Wie schrecklich,* empfand ich damals.

Diese Nachricht versetzte mir einen richtigen Schock und in den nächsten Wochen verlor ich jegliche Lust auf mein Pferdeleben. Meistens wandte ich mich sogar von Ebiénne auf der Koppel ab.

Zwar besuchte mich Freya ab und an, erzählte mir von Alma, wie tapfer sie sei. Berichtete von den ausgefallenen Haaren und ihrem großen Herzen. Nur hasste ich es, sie so zu hören, da ich es emotional nicht verarbeiten konnte.

Tag für Tag übermannte mich der Schmerz. Nur des Selbstüberlebens willig, bewahrte mich in dieser Zeit davor, dass ich das Fressen verweigerte. Nach fünf langen Monaten schaffte ich es zumindest, dass sich der Kontakt zu Ebiénne normalisierte.

Eine treue Freundin an meiner Seite. Obwohl ich ihr Kummer bereitet habe. Sie wechselte nie zu den anderen Pferden auf der Koppel über. *Was für ein Glück für mich.* Sie spürte mein Leid, meine dunklen Gedanken und die Sorge um Alma.

Kapitel 8

Sieben Monate nach der schrecklichen Diagnose überraschte mich Alma im Stall. Verschlafen blinzelte ich gegen das Licht. Es hinterließ einen hellen Glanz auf dem Gesicht.

Leise und zerbrechlich erreichte ihre Stimme meine Ohren. Völlig durcheinander lief ich ihr entgegen und sie rannte mich fast stürmisch um. *Funktioniert in Wirklichkeit nicht.*

„Plys. Wie habe ich dich vermisst."

Mit weit geöffneten Augen betrachtete ich sie von oben nach unten. *Sie ist dünn geworden.* Am Kopf trug sie eine Mütze und ihr Gesicht wirkte zum schlanken Körper anders als sonst.

„Plys, ich habe jede Nacht an dich denken müssen. Geht es dir gut?"

Sie hat schon Humor. Meine geliebte Alma. Wie fühle ich mich? Macht sich Sorgen um mich. Leider landete mein Gefühlschaos im Minus. „Weißt du, Plys. Ich bin heute das letzte Mal bei dir."

Schreckhaft schubste ich sie leicht nach vorne weg. „Nicht ärgerlich sein. Es ist nicht wegen dir. Aber ich bin nicht gesund. Und es wird noch eine Weile dauern bis ich gesund werde. Solange ziehen wir auf jeden Fall weg von hier. In die Nähe von Kopenhagen. Dort gibt es ein gutes Krankenhaus für mich."

Verärgert schubste ich Alma wieder an. Was völliger Blödsinn war. Ohne Ausnahme verstand ich ihr heutiges Anliegen. *Nur, sie nicht mehr sehen, dies verletzt mich innerlich.*

Beleidigt zog ich meinen Kopf nach links zurück. Nur für ein paar Sekunden, bis mein Verständnis die Oberhand gewann und ich mich an Alma drückte. „Ich habe schon befürchtet, du magst mich nicht mehr. Du bist doch mein Liebling", flüsterte sie und herzte mich kräftig.

Zehn Minuten später sprach sie ein letztes Lebewohl und rannte so schnell, wie ihre Luft es zuließ aus dem Stall. Nach ihr gesellte sich Freya zu mir. Sie wünschte mir ebenfalls alles Gute für meine Zukunft.

Da ich wusste, dass sie Abschiede hasste, nahm ich es ihr nicht krumm, als sie schnell das Weite suchte. *So ändert sich dein Leben. Immer wieder auf Neue. Himmelhoch jauchzend bis tief betrübt.*

Auf einer Skala von eins bis zehn alles dabei. Ist ein Pferdeleben im Grunde so aufwühlend? Eines wusste ich jetzt schon. Kaya schafft es auf Dauer nie, beiden Pferden gerecht zu werden. *Sie kann sich nicht zerteilen.* In den letzten Monaten von Almas Krankheit erlebte ich dies hautnah.

Verloren in mir fraß ich ein wenig Heu, beobachtete aus der Distanz Ebiénne und dachte mir: *Du hast es prima. Du bist in festen Händen.*

Zwei Wochen später bestätigten sich die schlimmsten Befürchtungen. Vormittags stand ich alleine in meiner Box. Alle einstehenden Pferde des Stalles verweilten auf der Koppel. „Ich hole dich später ab", gab Kaya mir zu verstehen. So blieb ich alleine in meinem Reich zurück.

Plötzlich steht er da, fiel mir dazu ein. Ein mittelgroßer Mann tauchte unangemeldet bei mir auf. *Wie schaut der aus? Braungebranntes Gesicht, Cowboyhut, blaue Sonnenbrille. Was wird das für eine Comedy-Show?*

Mein Bauchgefühl spülte einen Anfall von Abneigung nach oben. Der ganze Auftritt schmeckte mir überhaupt nicht. Ohne, dass er meine Anwesenheit würdigte, las er das Schild am Eingang der Box.

„Ebiénne und Plys. Du kannst nach den Beschreibungen nur Plys sein. Da habe ich dich ja gleich gefunden. Plys. Wer denkt sich so einen blöden Namen aus?"

Er kramte in seiner Hosentasche und zog einen zerknüllten Zettel hervor. „Du heißt angeblich Smukke. Wie nenne ich dich jetzt? Plys oder Smukke. Plys ist ein Name für ein Pony."

Mit jedem seiner Worte überlegte ich mir, was für ein armseliges Schauspiel sich hier abzeichnete. „Ich werde dich morgen abholen." Der Unbekannte meinte mich. Reden in der dritten Person. *Keine Vorstellung. Meine Zukunft?*

Scharf und schnell trabte ich an das vordere Ende der Box, stieß mit dem rechten Vorderfuß gegen das Holz, was anschließend kräftig erzitterte.

„Das gewöhne dir gleich wieder ab. Du wirst keinen Erfolg damit haben."

Erneut schlug ich in den Holzverschlag und der Unbekannte verließ mit einem „wir sehen uns" den Stall.

Zurück blieb ich als ein völlig verstörtes Pferd. Ich. Eine halbe Stunde grübelte ich mit einem bescheidenen Gefühl vor mich hin. Nach dieser Zeit kehrten Kaya und Ebiénne in die Box zurück.

Sie spürte meine Unruhe, strich mir sanft über mein Fell und sprach mir leise in mein Ohr. „Brav, Plys. Du vermittelst einem den Eindruck, der Teufel persönlich ist hier gewesen."

Der Name sagt mir zwar nichts, aber wenn sie einen Idioten damit meinte, lag sie goldrichtig. Langsam beruhigte sich mein Innenleben und spät am Abend besuchte mich Kaya erneut.

„Hör zu Plys." Mit weinerlicher Stimme bereitete ich mich auf die Fortsetzung des zuvor Erlebten vor. „Ich weiß gar nicht, ob es die richtige Entscheidung ist."

Mir fiel ein Spruch ein, den ich mal aus dem Mund eines anderen Pferdebesitzers vernahm. *Es gibt weder richtige oder falsche Entscheidungen. Sie stellen sich erst hinterher als richtig oder falsch dar.*

Meine Überlegungen unterbrach Kayas Stimme. „Morgen kommt Herr Nielsen. Euch beide zusammen, Ebiénne und du, das schaffe ich auf Dauer nicht." Ich verstand ihre Empfindungen. Wir Pferde sind ja nicht von Geburt an gefühllos.

„Aber Herr Nielsen ist ein ganz lieber Mensch und liebt Pferde. Er besitzt schon ein Pferd und da passt du sicherlich ganz prima rein", versuchte Kaya, es mir schmackhaft zu machen.

So, so, dachte ich mir. *Der Herr Nielsen, ein netter Mensch.* Mein Eindruck über ihn lag eher im Bereich eines widerwärtigen Individuums. Erneut fiel mir ein Spruch ein. *Irren ist menschlich. Passt ja prima zu euch.*

Enttäuscht zog ich mich von Kaya zurück und versteckte mich hinter Ebiénne. „Du wirst es gut haben", versicherte sie. Nur glaubte ich ihr kein Wort. Zu gewaltig prägte der Aufschlag des Typen vom Morgen meine Seele.

Ich spürte förmlich ihre Tränen. Ebiénne übernahm die Rolle der Trösterin. Von einem Moment auf den anderen verlor ich jegliche Energie. Finster wie die Nacht draußen, vermutete ich meinen Blick, als es mir bewusst wurde, der Abschied von Ebiénne nahte.

So suchte ich heute Nacht ihre Nähe. Alles an positiven Gefühlen sog ich von ihr auf, aber es haftete der fade Beigeschmack des kommenden Neuanfangs.

Am nächsten Tag herrschte Leben auf der Ranch. Bald leerte sich der Stall und außer uns beiden verschwanden alle auf der Koppel.

„Guten Morgen Ebienne, guten Morgen Plys." Mit verschwollenen Augenlidern band sie mich los und führte mich aus der Box ins Freie hinaus. „Plys, Herr Nielsen wird bald hier sein. Du wirst ihn mögen."

Dies stieß wahrlich nicht auf Gegenliebe meinerseits. Nur der Glaube an das Gute in Kaya hinterließ einen Funken Hoffnung in mir. Wir vertrieben uns mit ein paar Spielchen die Zeit, da brauste ein schwerer Jeep samt Anhänger Richtung Stall heran und stoppte in einer gewaltigen Rauchwolke, die Kaya und mich einstaubte.

„Was für ein Idiot bist du denn?", schimpfte sie laut los, während ihre Hände den Dreck abklopften. *Stimmt. Ich bekomme keine Luft mehr. Der Staub kroch in meine Nüstern.*

Der Unbekannte von gestern stieg aus dem Auto aus. Grinsend begrüßte er Kaya. „Nicht übel, oder?"

„Was wollen Sie hier? Das ist Privatgrund."

„Schätzchen." Kaya warf gleichzeitig energisch den Kopf in den Nacken. „Mach mal halblang. Ich will nur diesen Gaul abholen und danach bin ich schon wieder weg."

Nennt der mich Gaul? Ich nahm Anlauf in seine Richtung, bremste aber nach einem schrillen Pfiff von Kaya abrupt ab. „Plys, lass den Scheiß. Er ist es nicht wert."

„Der bringe ich schon noch Manieren bei. Ihr hier scheint ja von Pferden keine Ahnung zu haben."

Obwohl Kaya innerlich kochte, fragte sie besonnen den Eindringling: „Was treibt Sie an diesen Ort?"

„Das Pferd abholen. Plys oder Schmukke."

„Herr."

„Herr Federson."

„Herr. Federson, hier liegt augenscheinlich ein Missverständnis vor. Herr Nielsen wird gleich hier sein und das Pferd abholen. Er hat es von mir gekauft. Wenn Sie nicht schnell verschwinden, rufe ich die Polizei."

„Dein sauberer Herr Nielsen erscheint heute nicht. Hier mein Kaufvertrag über das Pferd." Wie schon gestern kramte er in seiner Hosentasche und zog den zerknüllten Zettel hervor.

„Hier, sehen Sie selbst."

Mit verschmutzten Händen nahm Kaya das Blatt, las ungläubig den Kontakt zwischen Mr. Nielsen und Herr Federson.

„Hiermit bestätige ich Herrn Nielsen, dass ich das Pferd Schmukke beim Pokern an Herrn Federson verloren habe. Somit geht das Pferd mit allen Rechten auf ihn über. Gezeichnet, Herr Nielsen, Aarhus, im November 2019."

In diesem Moment verlor ich den Glauben an den gesunden Menschenverstand. *Wie beim Pokern verspielt? An jenes Monster von abscheulichen Kerl?* Leider stellte sich dieser Albtraum als die reine Wahrheit heraus.

Voller Entsetzen fiel Kayas Blick abwechselnd vom Blatt zu Herrn Federson und zurück. „Das ist nicht wahr." Tränen flossen über ihre Wangen hinab in den staubigen Boden.

„Schätzchen. Lade den Gaul auf und flenne hier nicht herum."

Ich renne dich gleich über den Haufen. Nur diese Blöße zeigte ich nicht in Gegenwart von Kaya. Es geschah, wie es auf dem Papier festgelegt wurde. Zum Anschluss hängte sich Kaya um meinen Hals.

„Plys, nie und nimmer hätte ich dich an diesen Typen verkauft. Pass auf dich auf. Es tut mir sehr leid. Wenn es dir dort nicht gefällt, hau einfach ab." Leise sprach sie diese Worte in mein Ohr. „Hau ab, hörst du?"

Nach diesen letzten Worten luden sie mich in den Anhänger. Ebiénne wieherte laut aus der Box heraus und der Wagen verließ genauso rasant den Hof, wie er herkam.

Ein früherer Pferdeschüler im Stall erwähnte mal ein paar flotte Sprüche. *Das Leben ist kein Ponyhof. Oder kein Wunschkonzert. Aber den Vogel schoss er mit diesem Satz ab: Wenn du denkst, es wird nicht schlimmer, schlitterst du nur tiefer hinein.*

Mein persönlicher Tiefpunkt. Ein Fremder braust mit mir durch die Gegend. Fort in eine völlig ungewisse Zukunft. Die Fahrt dauerte und zog sich hin, was mich immer mehr verbitterte, bevor mich ein melancholischer Anfall überfiel.

Verdutzt warf ich einen Blick um mich herum. Gefangen im Anhänger.

So flüchtete ich in alte Erzählungen. Die Worte der magischen Nacht betörten mich jedes Mal aufs Neue. *Was für ein sentimentales Stück.*

Die traurigste Geschichte, die ich jemals von meiner Mutter hörte. *Ja, sie hat mich tief im Herzen getroffen.* So beamte ich mich hinein in die Erzählung und hinaus aus dem Pferdeanhänger, hin zu einem bezaubernden Platz auf der Erde.

In einem fernen Land versteckte sich ein einmaliges Stück Landschaft. Die Feen und Elfen beherrschten den Lauf des Lebens hier. Eine traute Einheit verband sie und als Wächter des Gleichgewichts zur menschlichen Hand sorgten sie für eine gewisse Ausgewogenheit.

Nie verlor sich ein menschliches Wesen hierher. Dieser Flecken Erde existierte nicht im realen Bewusstsein. Hier lebten die Elfen und Feen in Eintracht zusammen.

Die Elfenkönigin, zart und zerbrechlich, vereinte ihr Reich. Unter ihren Schützlingen gab es zwei niedliche kleine Elfen, Sobra und Zoi. Die pubertären Elfen alberten den ganzen Tag umher.

Zwischen Riesenlibellen und überdimensionalen Pflanzen turnten sie übermütig umher. Sie erschreckten große Goldkäfer und mitunter zerstörten sie die Blüte des Glücksklees.

Laut und polternd zogen sie durch diesen himmlischen Ort, bis die laute Stimme der Elfenkönigin sie zum Rapport einbestellte. „Sobra, Zoi, ab ins geheime Reservat. Strafe muss sein."

Beleidigt zogen die beiden dorthin. Hier nahmen auf den riesigen Blättern zweier Stinkmorcheln Platz. Für eine gewisse Zeit reichte diese Form der Abschreckung, doch bald lebten Sobra und Zoi wieder ihren Schabernack aus.

Eines Tages, die Strafe verschwand aus ihren Köpfen, tobten sie am äußersten Rand des Gebietes. Riesige Ameisen bewachten alle Eingänge.

Schon lange überlegten sich Sobra und Zoi, was sich da draußen verbirgt. In die verbotene Welt, wie es hier alle nannten. *Und was verboten ist, klingt wahnsinnig cool,* ereiferte sich Zoi und zog ihre Freundin hinter eine zwei Meter große Pflanze.

„Schau, der Dicke, da, der versperrt uns den Weg."

„Ich lenke ihn ab", schlug Sobra vor. „Und du huschst schnell hinaus."

„Und du? Alleine will ich das nicht machen."

„Geh. Du erzählst mir später, was du erlebt hast."

„Also gut. Beeile dich."

So lenkte Sobra den Ameisenwachmann ab und flink schlüpfte Zoi durch den Durchgang hinaus, um sofort über eine Art Rutsche ins Freie zu gelangen.

„Wahnsinn, was für ein Abenteuer", rief sie laut, nicht bewusst, ob es gefährlich war. Unten angelangt, plumpste sie sanft in hohes, leicht feuchtes Gras.

„Jippie", freute sie sich, stand auf und wühlte sich durch das dichte Gebüsch um sich herum. Schon irrte sie weg von Zuhause.

„Zoi", vernahm sie eine mahnende dunkle Stimme.

„Ups, wer kennt mich hier schon?", fragte sie sich verwundert. Abrupt plumpste sie zurück ins weiche Nass.

Ich sehe niemanden. Spricht das Gras mit mir? „Zoi, wo willst du hin?"

Erneut vernahm sie die tiefe Stimme aus dem Nichts, die ihr gehörig Respekt einflößte.

„Ja." Völlig perplex versagte sie bei einer Antwort.

„Du da." Zoi duckte sich tiefer ins Gras hinein. „Wer sonst?"

Verschüchtert hob sie den Kopf, und umso mehr sie sich reckte, desto weniger bemerkte sie jemanden. „Spreche ich mit einem Geist?", nahm sie all ihren Mut zusammen.

„Nein. Nur unsichtbar. Für dich, die anderen Elfen, die Menschen. Nur für die Elfenkönigin bin ich sichtbar."

„Wer bist du denn?", fragte sie wissbegierig nach.

„Ich bin Aargon, der Beschützer der Elfen und Feen. Der Beschützer der Welt. Um all das zu bewahren, was der Mensch vernichten will."

„Was bist du? Ein verzaubertes Wesen?"

„Nein, ich bin ein magisches Pferd. Ich reise seit Jahrhunderten durch die Zeit."

„Schade, dass ich dich nicht sehen kann", bemerkte Zoi traurig.

„Was willst du überhaupt da draußen? Es ist euch strengstens untersagt, ohne Erlaubnis nach draußen zu gehen."

„Jeder spricht vom verbotenen Land."

„Das verbotene Land ist kein richtiger Ort für dich."

„Warum?"

„Weil es dich enttäuscht, dich traurig macht, dich verletzt. Du wirst es noch bald genug in deinem Leben erfahren."

„Ich will es sehen", murrte Zoi trotzig.

„Hör zu. Hast du Lust auf einen Deal?"

„Einen Deal?" Es klang geheimnisvoll und lockten seit jeher die Fantasie von Zoi. „Ja."

„Ich zeige dir heute Nacht die magischen Plätze auf dieser Welt. Jede Fee sieht immer nur einen Platz in ihrem Leben. Für dich mache ich eine Ausnahme und nehme dich mit auf eine wunderbare Reise. Danach kehrst du wieder in dein Reich zurück."

„Wie soll das funktionieren? Ich sehe dich nicht."

Für einen kurzen Moment leuchtete ein grelles Licht auf. Die Umgebung erhellte sich und Zoi erahnte die Form eines Pferdes.

„Spring auf", und mit einem schnellen Anlauf hüpfte sie auf den Rücken des Pferdes. Das Licht erlosch und Zoi fiel fast nach hinten hinunter.

„Halt dich einfach fest", und schon schwebte sie hinauf in den klaren Nachthimmel. Das Pferd zog sich immer weiter nach oben und in dieser Nacht erfüllte sich das Herz von Zoi mit jeder Menge an Demut ob der Schönheit, die sie erblickte.

Von einem bezaubernden Ort zum anderen zog das magische Pferd mit ihr ihm Schlepptau. Fest umklammerte sie den Hals von Aargon und ihre Augen weiteten sich bei den überwältigten Bildern, die sich tief in ihr Gedächtnis einprägten.

Und so stand sie nach der Rückkehr zum Eingang ihrer Welt andächtig still. Mit ihren Augen suchte sie Aargon. „Danke, dass du mir diese Welt gezeigt hast. Dies ist der schönste Moment in meinem Leben gewesen."

„Bewahre es in dir. Komm, kehre jetzt zurück und es bleibt unser ewiges Geheimnis."

„Ja", hörte sie sich selbst sprechen und es fiel ein letzter verzweifelter Blick auf das magische Pferd. Flugs kehrte sie in ihr Zuhause zurück. Aargon lenkte den Ameisenwächter so ab, damit Zoi, ohne damit sie Aufsehen erregte, vorbeihuschen konnte.

So ein Erlebnis. Ich schwelgte in dem Anhänger inmitten von Lichtpunkten, Elfen und magischen Orten. Bis ein Geräusch mein Ohr durchdrang und ich bemerkte, dass jemand seit längerer Zeit gegen die Seite des Pferdeanhängers klopfte.

„Hallo", holte mich eine aufdringliche Stimme in die Realität wieder. „Hallo Smukke, du nutzloser Gaul. Raus mit dir. Oder muss ich nachhelfen?"

Völlig verträumt registrierte ich den neuen Besitzer, der um mich herumfuchtelte. „Raus mit dir. Schlafen kommt später. Ich brauche meinen Hänger wieder."

Benebelt vom magischen Pferd ließ ich mich herausführen. Einen kurzen Moment später fand ich mich in einer winzigen Box wieder. *Die kleinste Box ever,* fiel mir dazu im ersten Augenblick ein. Und schob *ever, ever* hinterher.

Herr Federson zog die Boxentür zu und stapfte aus dem Stall hinaus.

Wo bin ich hier? Dunkelheit umgab mich trotz des hellen Lichtes draußen. *Dies ist ja eine düstere Ecke hier.* Nur der Geruch der anderen Pferde stimmte mich ein bisschen tröstlich. Wenigsten nicht alleine.

Das magische Pferd verblasste und das Gesicht von Alma erschien. *Ich vermisse dich schon jetzt.* In den nächsten Tagen träumte ich mich oft weg. Zu sehr frustete mich die Behandlung durch meinen neuen Besitzer.

Zwar erweckte er den Eindruck jede Menge Ahnung von uns Pferden zu haben. Nur seine Art, sein ekelhafter Charme nervte mich. *Ich bin kein Militärpferd, welches nur im Befehlston behandelt wird. Nur wie stelle ich das klar? Auf seine Füße treten? Eine Möglichkeit.*

Zweimal in den letzten zwei Stunden widerstand ich dieser Versuchung. Zwar steckten Herr Federsons Füße in Sicherheitsschuhen, doch schmerzhaft wäre es auf jeden Fall gewesen.

Zweimal zuckte ich zurück. „Du bist ein richtiger Schisser", schimpfte ich mich hinterher selbst. Diese Mischung aus Ansagen,

Befehlen und Wissen lähmte meinen sonst so wachen Verstand. Die Abenteuerlust köchelte bei mir auf Sparflamme.

Du bist nicht übermäßig mutig, stellte ich erschüttert fest. Ich bewegte mich auf dem Weg des geringsten Widerstandes. *Mein Leben verändert sich.* Ein Leben auf Distanz. So würde ich es im Nachgang bezeichnen.

Fachlich erlebte ich die perfekte Betreuung. Nur seine Coolness irritierte mich.

Im negativen Sinne. Ich empfinde keine Wärme. Es entsteht null persönliche Beziehung, null Anerkennung und null Verbindung zu ihm.

Wütend schnaubte ich in meiner Box umher.

Mach mal dies, mach mal das. Vereinzelt zog ich Parallelen zu einem Zirkuspferd. *Klar, ich bin größer, älter, schlauer geworden. Ist es meine Pflicht, dankbar zu sein?*

Meine Langeweile auf der Koppel endete bei Federson schnell. Es fing schon beim Hufschmied an. Als ich das gewohnte harmlose Auskratzen erwartete, verspürte ich auf einmal so komische Hufe an meinen Füßen.

Laufen lernen ist nicht so schwierig. Dachte ich mir. Aber was blieb mir für eine Wahl. Hinlegen. *Nie mehr aufstehen. Keine wirkliche Option.* So freundete ich mich damit an.

Durch die nächsten Herausforderungen vergaß ich diesen Teil schnell und so erlebte ich dies in Zukunft alle sechs bis acht Wochen als reine Routine. Aufregender gestaltete sich da schon das Herantasten an einen Sattel.

Mein neuer Besitzer schien felsenfest davon überzeugt zu sein, in mir steckte ein Reitpferd, welches er ausbildete. *Dann mach mal,* frohlockte ich innerlich. Nur meine Vorfreude schmolz schnell dahin.

Reiten lernen. Pronto, pronto. Im Schnelldurchgang. Kein ‚Wie fühlst du dich mit dem Seil, der Gurtlage. Ist es zu schwer?' Wortlos spulte mein Chef sein Programm herunter.

Longiergurt. Ohne Worte. Na prima.

Meine Mutter erzählte mir einmal die Geschichte von amerikanischen Naturburschen. Sie ritten ausschließlich Jungpferde ein. Colt Starter nannte man diese mutigen Mannsbilder, die praktisch nach ein paar Tagen bei jedem Pferd ihre Arbeit erledigt hatten.

Ohne Rücksicht auf uns Pferde. Bodenarbeit ist nichts für harte Männer, so der Tenor von früher. Und manches Pferd reagierte panisch, weil beim Wegrennen der lockere Sattel wegrutschte.

Eine Idee, die mich innerlich begeisterte. *Wegrennen. Während er versucht, mich zu reiten.* Nur las er augenfällig meine Gedanken.

Bevor ich anfing, Unfug zu treiben, durchdrang mich so ein schriller Befehlsschmerz, dass ich es letztlich nicht versuchte. *Diesen Schmerz wünschst du dir nur einmal in deinem Leben.*

Was spielte ich ab diesem Zeitpunkt? *Mit ihm ein Spiel.* Ich leistete das Minimum an Zusammenarbeit. *Ohne Ehrgeiz und zum Ärgernis meines Besitzers.* Gelassen überwand ich sein Aufsatteln, das Wackeln der Steigbügel und, als Steigerung, die Wassertrense.

Herr Federson begriff nicht, dass es keine Freude bereitete, mir so etwas ins Maul zu stecken. *Wehe, ich würde es umgekehrt bei ihm umsetzen.*

Leider schlugen meine Abwehrversuche fehl, außer ich reagierte mit verstärktem Druck. *Aber saufe mal mit so einem Ding Wasser aus dem Trog. Ihr habt leicht reden.*

Tag für Tag forderte mich das Ganze. Am Abend blieb mir zu wenig Zeit, um alles in Ruhe zu verarbeiten. *Die Einsamkeit plagt mich.*

Zwar lebten jede Menge Pferde auf den Koppeln. *Nur jedes für sich alleine. Box neben Box.* Früh holte mich jemand ab, führte mich auf die Koppel und fing das Abreiten an.

Null Kontakt zu den anderen Pferden. So telepathisch sind wir Pferde nicht veranlagt, um durch die Holzlatten zu kommunizieren. Mit jedem Tag der Selbstaufgabe ergab ich mich meinem Schicksal.

Das Ende eines mehrtägigen Programms krönte mein Besitzer höchstpersönlich. Er stemmte sein Gewicht auf meinem Rücken. *Nur dieses Mal gelang es mir nicht, wegzureiten, damit er ins Nichts fiel.*

Nein, er band mich vorher fest. *Keine Chance,* stellte ich verbittert fest.

So erlebte ich den ersten Moment das volle Gewicht eines Reiters. *Nein, nicht sanft. Sondern von null auf hundert. Mein persönlicher Albtraum.* Mein Innerstes erstarrte und mein Nervenkostüm überspannte sich.

Herr Federson kannte kein Erbarmen. *Der Typ ist eiskalt. Vermittelt keine Angst um sich.* Ohne zu zögern übernahm er Regie über mein Leben. Ich versäumte es, mich dagegen zu wehren.

So schnell bist du ein Reitpferd, sinnierte ich eines Abends in meinem kleinen *Reich aus Heu und Stroh. Ein Reitpferd ohne Seele. Ohne Freude. Ohne Ebiénne. Ohne Freya. Ohne Alma.*

Einen Ausweg fand ich in der Zeit nicht. Aus dem Jungpferd wurde langsam auf diesem Weg ein erwachsenes Pferd. Ich bewegte mich täglich. Meine Form stieg immens.

Jede Faser und Sehne trainierte ich fleißig. *Äußerlich bin ich ein Traum,* lobte ich mich selbst. Innerlich zerriss es mich. Schönheit kommt von innen. Unter Umständen sind es die letzten zehn bis zwanzig Prozent gewesen, die mich nicht strahlen ließen.

Ich spürte sie nicht. *Die Eleganz.* Wie ein Trampel galoppierte ich über die Koppel und die anfängliche Freude von Herrn Federson über meine Fortschritte verblasste langsam bei ihm.

Ein halbes Jahr später stagnierten meine Erfolgserlebnisse für ihn. Spürbar mürrischer veränderte er von Tag zu Tag seine Tonlage. *Stellt euch vor, wie eine Mischung aus Kreissäge und Motorsäge sich anfühlt? Nur enorm tief. Da gefriert dir das Blut in den Adern ein.*

Vergeblich. Meine Bereitschaft steigerte sich nicht spürbar, was die unberechenbare Klangfarbe seiner Stimme belegte. Nach fast einem Jahr bemerkte ich eine Art Gleichmut bei Herrn Federson.

Manchmal wechselte er zwar von der Koppel auf die weite Landschaft mit mir. Aber außer Natur entdeckten meine Augen nichts. Nirgends schmeckte ich das Meer, die Rauheit der Dünen oder spürte den Wind der Küste.

Sicher ist es schön hier, versuchte ich mir einzureden. Wirklicher präsentierte sich die Gegend nicht. Mein Herz verehrte die Weite der Ebbe und Flut. Ob Herr Federson jemals Freude bei seinen Ausritten mit mir erlebte, wagte ich zu bezweifeln.

Ein besseres Leben gibt es nicht für ein Pferd. Diesen Satz unterschreiben sofort alle Pferdebesitzer, wenn sie mein Dasein beobachten. Das äußerliche Wirken. Sicher. Mir fehlt es an nichts. Nur ein besseres Gewissen erlebte ich dadurch nicht.

Meine Anlagen eigneten sich sicher für mehr, als zum reinen Freizeitpferd. *Nein, diesen Anspruch lebe ich hier nicht vor. Schon alleine, um diesen Federson zu ärgern,* verhielt ich mich so.

Was mich zu dieser Zeit enorm schmerzte, lag an der Tatsache, dass ich nichts mehr von Alma hörte. Nach und nach verblasste der Wunsch, sie wiederzusehen. Weitere drei Monate später packte ich alles in die hinterste Schublade in meinem Innersten.

Gleichgültigkeit überzog mein Wesen. Der letzte spürbare Glanz nach draußen erstarb. Parallel dazu verringerte sich der Wille von Herrn Federson. Immer weniger oft erschien er nicht mehr im Stall. Wenn er auftauchte, nahm er ein anderes Pferd aus der Box und ignorierte mich völlig.

Zu der Zeit versorgten mich die fleißigen Helfer des Stalles. *Alle total nett und bemüht.* Nur mit der gleichen Distanz wie mein Besitzer. In diesen Wochen des Missachtens veräußerte mich Herr Federson an Kinder und Jugendliche.

Reitstunden und Ausritte für die Kleinen, wie er es nannte. Zumindest das Gewicht passte. Und es zwang mich vorsichtig zu sein. *Ein unfaires Mittel, mit dem Kind auf dem Rücken Galopp zu reiten.* So bewegte ich mich so schusselig, dass selten ein Kind mich ein zweites Mal auswählte.

Brav entschied ich mich für den lahmsten Gang, spielte immer wieder die flatterhafte Karte aus und der Erfolg schlug sofort an.

Nach einer Weile brachte ich alle Kinder damit durch und es fehlte an Nachschub.

Dies gefiel Federson überhaupt nicht. Vom Freizeitpferd über das Zirkuspferd zum Arbeitsverweigerungspferd. So beschimpfte er mich an einem Morgen ordentlich. „Du bist echt ein Nichtsnutz, Smukke. Du hast alle Anlagen zu einem tollen Pferd. Schau dich an. Aber du machst nichts daraus."

Nicht mit mir, schrie ich es ihm in Gedanken um die Ohren. *Wie so viele es von euch sind. Alles keine Pferdeflüsterer. Aber ihr meint, euer Pferd ist euer Untertan. Ihr wollt nur unsere Seelen brechen,*

Innerlich redete ich mich in Rage. *Dazu habe ich keine Lust. Lieber spule ich mein Pferdekönnen im Sparmodus herunter.* Die Tage gestalteten sich einsamer.

Der Herbst löste die sommerliche Wärme ab und die kühlen Nächte setzen meiner Psyche zu. Mein Leben spulte sich in einer Zeitschleife ab. *Gott sei Dank ist nicht alles übel gewesen.* Nur die Tiefpunkte prägten sich doppelt schwer ein.

Und immer mehr beschlich mich der Gedanke, dass ich nicht ewig an diesem Ort verweilen würde. *Ein reiner Instinkt? Wohin treibt mich meine Reise? In ein fernes Land?*

Wie beim kleinen Zauberkönig, der durch die Welt gereist ist. Zusammen mit dem tollpatschigsten Pferd, welches durch die Wälder streifte.

Sein Name klang schon beim Anblick der Buchstaben. *Ylvie, die kleine Wölfin. Was für ein reizender Name,* besann ich mich.

Obwohl der König sich Zauberkönig nannte, versteckte sich hinter ihm ein Scharlatan. Weder besaß er überdurchschnittliche Kräfte, noch zierte irgendeine Krone sein Haupt.

Die einzig wahre Kraft des ungleichen Paares offenbarte sich bei Ylvie. Nicht nur, weil es scheinbar geduldig das stattliche Gewicht seines Herren durch die stillen Wälder transportierte. Nein, solch kleine Gefahren überstanden sie wegen des besseren Talents von Ylvie.

Immer wenn sie sich etwas wünschte, erfüllte sich der Wunsch. *Oft habe ich mich gefragt, warum dieses Pony nicht ausgerissen ist.*

Die Antwort gab ich mir kleinlaut hinterher. *So wie ich. Ich bin ebenso nicht ausgerissen. Wie das kleine Pony, das trotz seiner Überlegenheit sich dem Herren untergeordnet hat.*

Das Unterordnen kennt ihr Menschen ebenso.

Nach diesem kleinen Ausflug abseits der Realität dauerte meine Verweildauer auf der Ranch genau zwei Wochen. Kein Mensch bereitete mich darauf vor, was passieren würde.

Wer traut sich ein Pferd zu, welches null Bock hat? Freiwillig unterzieht sich keiner dieser Aufgabe.

Genüsslich fraß ich ein wenig Heu, genoss die Ruhe um mich herum, als sich zwei

Personen meiner Box näherten. Eine davon, Herr Federson, erkannte ich sofort. Die andere, eine weibliche, jüngere versuchte ich zuzuordnen.

Leider gelang es mir nicht. *Jetzt bleiben sie so weit von meiner Box weg. So sehe ich niemanden.* Nur ihre Stimmen vernahm ich. *Nein, Alma oder Freya sind es nicht.*

Ich stellte die Ohren nach oben und spitzte weiter meine Gehörgänge. Jetzt sprach wieder Herr Federson. Er lenkte das Gespräch auf etwaige Verkaufsmodalitäten.

Also doch. Vorsichtig drückte ich mich weiter nach vorne. Wieder hörte ich Federsons Tonfall. „Sind Sie mit dem Preis einverstanden?"

„Ja", antwortete die junge Frau mit ihrer angenehmen Stimme. Mein Herzschlag nahm ein wenig Fahrt auf, und obwohl ich alles versuchte, blieb es beim Wahrnehmen der Stimmen.

Vorhin bei der letzten kurzen Antwort blitzte eine Erinnerung in mir hoch. *Woher kenne ich diese Stimmfarbe?* Ich grübelte, als sich derweilen Herr Federson verabschiedete.

Einen Moment lang herrsche Ruhe, bevor ich leise Schritte in meine Richtung wahrnahm. Eine elegante, junge Frau stand vor mir und langsam holte mich die Vergangenheit ein. *Fast sechs Jahre später.*

Dieses Lächeln, das Gesicht. Ich kenne es. Vom Anfang meines Lebens. Von einem Mädchen, das mich geliebt hat.

Und schon stellte sie sich vor. „Hallo Smukke", klang sie sanft. „Erkennst du mich wieder? Ich bin es, Ida."

Voller Zufriedenheit zeigte ich ihr meine Freude. *Ich erkenne dich. Was bedeutet dein Besuch hier? Wie hast du mich gefunden?* Alle Gedanken spielten Achterbahn.

„Damals, als mein Vater dich weggeben hat, habe ich mir geschworen, sobald es geht, hole ich dich zu mir."

Mein Herz öffnete sich und all die Last der letzten Zeit fiel ab.

„Seit einiger Zeit lebe ich alleine und auf meinen Hof ist noch Platz für dich, Smukke. Das schönste Pferd weit und breit."

Wie habe ich diese Worte vermisst. Anerkennung. Dankbar drückte ich mich an sie, als sie in Box hereinkam. *Du bist die Rettung. Hoffentlich.*

„Ich habe lange nach dir gesucht. Und als ich dich hier entdeckt habe, entstand der Kontakt zu Herrn Federson. Am Anfang hat er abgeblockt. Aber anscheinend ist er jetzt froh gewesen, dich loszuwerden."

Scheint so, freute ich mich.

„Was hast du denn angestellt? Du kleiner Schlingel."

Das verrate ich dir nicht. Nimm mich einfach mit.

„In ein paar Tagen komme ich wieder vorbei und hole dich ab. Smukke, wir fangen bei null an. Ist dies in Ordnung für dich?"

Ob das in Ordnung ist? Ich glaube, ich bin nie glücklicher als in dem Augenblick gewesen. Wie beschreibe ich dieses Gefühl? Ida befreit mich aus meinem Gefängnis.

Fünf Minuten nach ihrem Aufbruch durchfluteten mich ganze Schwärme von Glückshormonen. Meine Box erschien mir in einem anderen Licht und den ganzen Abend über zitterte ich vor lauter Vorfreude. Die Spannung wechselte mit der Freude, der Neugierde, wie der Genugtuung. Wobei sich eine gewisse Spur Understatement darunter mischte.

Vorsicht ist die Mutter aller Porzellankisten. Mir fiel der Spruch ebenso ein, den ich bei einer gewissen Spur Skepsis so gerne verwendete.

Irgendwann erlöste der Schlaf meine aufgewühlte Gefühlswelt. Ich rutschte in einen tiefen Traum hinein, wo mir dunkle Gestalten aus dem Wald der Niederungen entgegensprangen. Den Wald der Geächteten, wie der Volksmund ihn damals nannte.

Zu jener Zeit herrschte Tyrannei und Vandalismus. Kein Gesetz verhinderte das Treiben der Furchtlosen. Das primitive Volk lebte in Angst vor ihnen.

Es litt Hunger, Armut herrschte und Verzweiflung trieb sie teilweise in die Berge, wenn die Geächteten aus dem Wald durch die Dörfer fegten. In das Dunkle der Bäume traute sich schon lange kein Mensch hinein.

Eines Tages verirrte sich eine trächtige Stute in das Dorf, das direkt an den Wald angrenzte. Nur wenige Bauern hausten in ihren spärlichen Hütten, als in der Dunkelheit ein Lichtschein sich langsam näherte.

Schnell versammelten sie sich alle zur Abwehr um das Lagerfeuer herum. In ihren Händen hielten sie ein paar gespitzte Holzstangen, die sich letztendlich bei einem Kampf als Spielzeug entpuppten. Der Schein erhellte sich weiter, trat näher an das Feuer heran, bis er in einem hellen Blitz neben den Männern und Frauen sichtbar wurde.

Verschreckt versuchten sie, Reißaus zu nehmen, als eine helle Stimme sie zurückhielt:

„Halt, habt keine Angst, ich bin nur auf der Suche nach einem trockenen Lager."

Nach diesen Worten erkannten die Bauern das leibhaftige Pferd, bemerkten den Nachwuchs, der sich ankündigte und führten die Stute in einen leeren Stall. Schnell besorgten sie Heu, Wasser und ein Mutiger fand eine Bürste. Damit rieb er vorsichtig ihr Fell trocken.

„Vielen Dank", sprach die Stute und wieder zogen sich die Menschen zurück, denn ein sprechendes Pferd bereitete ihnen Angst. So verschwanden sie in ihren Hütten und warteten die Nacht erst einmal ab.

Ihre Gedanken lagen auf dem morgigen Tag. Was beinhaltete der nächtliche Besuch für ein Schicksal? Kurz vor Sonnenaufgang schreckte sie ein fürchterliches Geräusch auf.

Die Geächteten liefen mit großen Geschrei aus dem Wald heraus. Die Bauern verstanden den Sinn des Überfalls, rannten schnell zum Stall der Stute und versuchten sie zu beschützen. Hastig bildeten sie einen Ring, nahmen eine bedrohliche Haltung ein, während das Trampeln der Geächteten gruselig wirkte.

Es trennten sie wenigstens fünfzig Meter voneinander, als plötzlich ein heller Blitz die Finsternis durchbrach. Geblendet hielten sie sich die Augen zu, und als der Spuk verschwand, herrschte Ruhe um alle herum.

Vor ihnen lagen zahlreiche Körper der Geächteten. Langsam traten sie näher heran. Mit den Holzstangen schlugen sie auf sie ein. Doch sie bewegten sich nicht und ratlos murmelten alle durcheinander.

„Habt keine Angst. Eure Sorgen gehören der Vergangenheit an. Dies ist mein Dankeschön für euren Mut, mich zu verteidigen. Dafür schenke ich euch ein Leben ohne Angst und Tyrannei."

Die Stute stand mittlerweile neben ihnen. Voller Dankbarkeit sanken alle auf die Knie und mit einem hellen Lichtschweif entfernte sich der Gast in die Weite der Nacht.

Der Lichtstrahl durchflutete die Augen, verträumt öffnete ich diese und das Sonnenlicht des Tages weckte mich endlich aus meinem Traum. Schwermütig schwankte ich von der einen Seite zur anderen, als der letzte Geächtete aus meinem Kopf verschwand.

Ein leichtes Schütteln, damit ich mich sammelte und hoffnungsvoll ertrug ich die restlichen Tage auf der Ranch von Herrn Federson. Die letzte Nacht vor Idas Rückkehr, bevor sie mich abholte, empfand ich als die schlimmste in meinem Leben. Stundenlang stierte ich auf die dunkle Holzwand. Am Morgen bemerkte ich das Loch, das durch das darauf Schauen entstand.

Nur bildhaft. Ihr glaubt das ja sonst eh nicht. Ein Loch? Ihr tippt euch dabei mit dem Fingern gegen die Stirn. Ich weiß, was ihr denkt.

Ein Anflug von Heiterkeit vertrieb die Schwere im Körper. *Jetzt kommt sie bald, Ida. Meine gedanklichen Fähigkeiten bringen mich auf die große Bühne.*

Kaum sehnte ich mich innerlich nach ihr, vernahm ich ihren federnden Gang Richtung Box. Meine Lauscher hörten ihr Lachen und sogleich überfiel sie mich mit ihrer überschwänglichen Freude.

Ihr zarten Arme umschlangen meinen Hals, sie flüsterte mir gefühlte zehnmal Smukke in den Gehörgang und vorsichtig führte sie mich aus der Box.

Ein letzter Gang durch den Stall, den ich nie gemocht hatte, bevor ich so was von freiwillig in den Pferdeanhänger schritt. Augenzwinkernd fügte ich innerlich hinzu: *Bin ich jetzt eine Königin, eine Prinzessin oder eine Zicke?*

In einer dichten Staubwolke fuhr Ida mit mir vom Hof. Hinüber ans Meer, wo eine neue Zukunft anlief.

Bei meinem geliebten Wasser, den Dünen, dem Geschmack von Ebbe und Flut, wie der Rauheit der Küste. Hier bin ich zuhause.

„So Smukke", sprach Ida zärtlich mit mir bei unserer Ankunft auf ihrem Gestüt. „Wir beginnen bei null, ganz am Anfang. Ich bin Ida. Es ist mir eine große Ehre dich hier zu haben."

Andächtig neigte ich meinen Kopf nach vorne.

Hallo Ida, ich bin Smukke. Lass uns unseren Traum erfüllen.

Glücklich trabte ich mit ihr zu meinem neuen Offenstall. *Hinein in ein Abenteuer. Eine Mischung aus respektvollem Umgang, Energie und die Geschichte von Reiten und Yoga. Was vereint dies alles? Ihr werdet es erleben.*

Die letzten Worte richte ich an Sie,
verehrte Leserinnen und Leser.
Vielen Dank,
dass Sie meinen Roman gekauft haben.
Ich würde mich freuen,
wenn Sie mir mitteilen,
ob er Ihnen gefallen hat.

Schreiben Sie mir eine Mail unter:
harald.weiss60@yahoo.de

Eiszapfen

Taschenbuch:
248 Seiten
ISBN: 978-3752892499
12,90 Euro

Harald Weiss

Eiszapfen

Kartl und Neuner – die Woche des Grauens

Krimi

Das
verlassene
Dorf

Paperback
116 Seiten
ISBN: 978-3752873504
5,50 Euro

.

www.haraldweiss.info